Emily Shaqiri

Painted Whispers

CAIRO

Curatela di Beatrice Corbetta

ISBN 978-88-309-0401-9
Prima edizione: settembre 2024

PAINTED WHISPERS

A tutti quelli che sognano,
amano e riempiono il mondo di arte e bellezza

Prologo

I raggi del sole appena sorto danzavano tra le fronde degli alberi, realizzando un mosaico di luci e ombre nel Giardino degli Aranci, come a voler dipingere un quadro per celebrare l'arrivo della primavera a Roma. Un delicato profumo di fiori si diffondeva nell'aria creando un'atmosfera magica e ispiratrice.

Isabella si fermò per respirare, per lasciarsi avvolgere dall'incanto e ammirare il paesaggio che le toglieva il fiato ogni volta.

Amava da sempre quel luogo. Per lei era un rifugio tranquillo e ammaliante dove poteva sentirsi libera di dare vita alle sue creazioni artistiche. Un santuario naturale dove la sua anima poteva danzare tra i colori e le fragranze degli alberi e dei fiori, lasciando un'impronta indelebile di bellezza. Un posto che sentiva completamente suo, soprattutto a quell'ora del giorno, dove immergersi in ciò che più la rendeva felice.

Con gesti delicati aprì il cavalletto e vi posò una tela

ancora bianca, pronta ad accogliere sulla superficie tutto quello che il suo sguardo avrebbe catturato.

Quel giorno di metà aprile era perfetto per immergersi nell'arte: i pennelli fluttuavano tra le dita sporche di tempera e la sua mente, completamente assorta nel suo mondo creativo, era in sintonia con i soggetti che voleva trasferire sulla tela.

Nello stesso momento Eric fece il suo ingresso nel parco in tenuta da jogging. Le sue movenze fluide e sicure testimoniavano una certa agilità.

Correndo, si avvicinò alla terrazza che dava su Roma e per qualche istante si fermò per riprendere fiato, perso a osservare l'orizzonte.

Isabella lo notò immediatamente. La luce del mattino illuminava il suo volto di traverso, evidenziandone i lineamenti e conferendo un'aura di mistero alla scena.

Sentì la sua mente accendersi come un lampo, attratta da quella figura e dalla sua interazione con l'ambiente circostante. La sua presenza divenne immediatamente una fonte di ispirazione. Isabella riprese a dipingere, in uno stato di grazia raro.

Intenta a tinteggiare, non si rese nemmeno conto di cosa o chi improvvisamente urtò diversi dei suoi acrilici, che finirono per riversarsi a terra.

«I miei colori!» urlò scattando in piedi, un attimo prima di incrociare gli occhi di quello stesso ragazzo che ora erano a un palmo dai suoi. Non poté fare a meno di notare che erano di un marrone così tenue che le ricordavano il deserto più arido e caldo.

«Forse non dovresti spargere per terra tutto il tuo ma-

teriale» ribatté subito lui glaciale, mentre cercava di togliere del colore dalla sua tuta macchiata.

«"Forse" avresti dovuto fare più attenzione tu» rispose secca Isabella.

Eric sorrise, intrigato da quella risposta, e colse l'occasione per stuzzicarla un po'.

«Ascolta, Ginger, non ho voglia di litigare. Ora ti do una mano ma la prossima volta stai a dipingere nella tua cameretta, intesi?»

Isabella si sentì bruciare lo stomaco. La rabbia avvampava e sembrava dare giustificazione al colore dei suoi capelli. Gli rispose a tono. «Forse sei tu che dovresti startene a casa.»

«Tranquilla, lo farò senz'altro. Non voglio rischiare di incontrarti di nuovo» rispose lui con fare rabbioso e ammaliante allo stesso tempo.

«E non mi chiamare Ginger» ribatté lei.

«Nah, ti si addice» chiosò lui andandosene così come era arrivato, lasciando Isabella lì a guardarlo e a domandarsi chi fosse quel fastidioso ma senza dubbio affascinante ragazzo appena incontrato.

PRIMA PARTE

1

«Solo nel momento in cui non sa più cosa sta facendo, il pittore fa cose buone.»

EDGAR DEGAS

Mi sveglio di soprassalto quando il telefono squilla insistente accanto al letto. Con un balzo, controllo l'ora e mi rendo conto di aver posticipato la sveglia già tre volte e di essere spaventosamente in ritardo per la prima lezione.

Non è la prima dell'anno, siamo già al secondo semestre, ma ad aspettarmi c'è il prof più esigente di tutta l'accademia: non posso tardare. Se quando arrivo la porta dell'aula è chiusa, potrò dire addio alla mia media alta e alla mia borsa di studio in Belle arti.

Senza perdere altro tempo, mi alzo velocemente dal letto, mi vesto con la prima cosa che trovo, afferro in fretta la mia borsa sperando ci sia dentro il quaderno giusto e corro fuori casa.

Il cuore mi batte forte nel petto mentre affronto la corsa verso l'accademia con il mio vecchio motorino scassato. Ogni tanto perde pezzi, ma non lo cambierei per nulla al mondo. Ci sono così affezionata che la mia migliore amica gli ha pure dato un soprannome: l'ha chiamato Tito, come uno degli imperatori di Roma.

Accelero lungo la strada, attraverso le vie della città affollate dal traffico mattutino che si fa impossibile. Mi infilo tra le macchine, il vento fresco mi sfiora il viso mentre seguo le strade familiari di Roma. Passo per Villa Torlonia e proseguo lungo Villa Borghese, ammirando l'architettura maestosa dei palazzi che si ergono su entrambi i lati della strada.

Il rumore del traffico e le voci della città mi circondano. Anche se è presto, Roma brulica di vita.

Arrivo a piazza del Popolo e schivo un ingorgo mentre mi avvicino sempre più alla mia università.

Con un ultimo sguardo alle strade affollate intorno a me, mi fermo davanti all'ingresso e scendo dalla sella con il cuore ancora un po' accelerato dall'emozione del tragitto, ma felice di essere finalmente arrivata a destinazione.

Attraverso il cancello e mi ritrovo nel cortile a ferro di cavallo: due grandi colonne incorniciano l'ingresso e i maestosi edifici che si sviluppano su entrambi i lati mi fanno sentire come una dama in un castello. Appena entrata e superato l'atrio, m'infilo veloce tra la folla di studenti accalcati nei corridoi, scusandomi ogni volta che urto qualcuno nella mia corsa frenetica.

«Ehi, stai attenta, ragazza!» urla qualcuno, ma io non ho il tempo di voltarmi e vedere chi è. Considerato il ritardo, devo continuare a correre.

Finalmente, col fiato corto, arrivo all'edificio dove si tengono le lezioni del primo anno. Salgo le scale alla velocità della luce e mi trovo fuori dall'aula che tanto bramavo.

Merda, la porta è chiusa.

La lezione è già cominciata e anche da fuori posso sentire la voce del prof Battaglia che spiega.

Mi faccio coraggio, respiro profondamente e busso.

Appena apro la porta, percepisco lo sguardo scrutatore del professore che si posa su di me, oltre che quello di un'intera aula di studenti sconosciuti.

«Lei è la signorina…?» domanda con una voce che mette i brividi.

«Moretti, professore, Isabella Moretti.»

«Signorina Moretti, un po' in ritardo, non trova?» osserva lui con disapprovazione, volgendo la testa verso l'orologio appeso alla parete.

Intuisco subito che il suo corso sarà tutto in salita.

Abbasso lo sguardo, arrossendo come un peperone. «Mi dispiace, è stato un incidente» dico smangiucchiandomi le parole a causa dell'imbarazzo.

Senza aggiungere altro, mi precipito verso l'unico posto che può tranquillizzarmi, quello accanto a Stefania, la mia insostituibile migliore amica, che a stento trattiene una risatina.

«Sei sempre la solita» mi bisbiglia scuotendo la testa con un sorriso.

Finalmente posso respirare e cominciare anche io a seguire la lezione.

«Ehi, ci sei? Ma mi stai ascoltando?» mi riprende dopo un po' di tempo Stefania, con una gomitata poco gentile.

Mi giro di scatto verso di lei ritornando sul pianeta Terra.

«Si può sapere a cosa stai pensando? Ti parlo e nemmeno mi senti.»

Mi rendo conto in quel momento che il mio quaderno degli appunti è intonso. È passata quasi un'ora e non ho scritto nulla.

«Mi sono un attimo distratta» le dico massaggiandomi il fianco appena colpito.

«Un attimo?!» incalza lei.

«Ssshhh!» urlano da dietro.

Non faccio in tempo a risponderle che qualcun altro dal fondo dell'aula si lamenta.

«Ti racconto tutto dopo, altrimenti da qui non usciamo vive oggi» dico sottovoce, mentre cerco di evitare la collera dei più attenti.

Provo a concentrarmi per l'ultimo quarto d'ora, ma rinuncio quasi subito. La testa oggi è da tutt'altra parte, devo arrendermi.

Non riesco però a scacciare del tutto il senso di inquietudine che mi pervade.

È passata una settimana da quella mattina al parco e io non faccio che pensare al ragazzo nella tuta rossa e nera. I suoi occhi, il suo sorriso beffardo, il modo in cui mi ha guardata... ogni attimo è perfettamente impresso nella mia mente. Ci sono momenti in cui mi sembra addirittura di sentire ancora il suo profumo, misto a quello degli aranci del Giardino.

Il prof, che sicuramente già mi odia, continua a parlare ma io non sento nulla. Non riesco proprio a seguire la lezione. I miei occhi vagano fuori dalla finestra, oltre i tetti dei palazzi che circondano l'accademia.

Mi sento come uno di quei petali di magnolia che fluttuano nell'aria nel cielo di primavera. Leggera, portata di qua e di là dai pensieri, distratta persino da un soffio d'aria.

Finalmente l'ora più lenta della mia vita finisce e, messi in borsa computer e libri, Stefi e io usciamo dall'aula. Lei, con la sua solita parlantina frizzante dalla cadenza romana, mi investe subito con i suoi discorsi. Oggi sono lamentele.

«Fare da babysitter a Tommy sta diventando un incubo» proclama.

«Immagino. Non puoi dire a tua madre che badare a tuo fratello è troppo complicato visti gli orari di lezione?» cerco di convincerla.

«No, perché sono la sua unica soluzione, tra il lavoro e tutto è difficile per lei.» Guardandomi con sospetto aggiunge: «A proposito di periodi complicati, mi vuoi dire cosa cavolo ti sta succedendo? Sono giorni che sei strana e assente».

«Vieni con me» le dico.

La prendo e la porto nel cortile sul retro, alla nostra solita panchina, non voglio che orecchie indiscrete ci ascoltino.

«Avanti, non tenermi sulle spine!» esclama la solita pettegola.

O la ami o la odi, perché non ha filtri, dice tutto quello che le passa per la testa senza curarsi minimamente di chi ha davanti. Per me è la migliore amica al mondo, con quegli occhi verdi curiosi incorniciati dagli occhiali neri e i capelli castani che arrivano appena sotto le spalle.

Sorrido, sentendomi sollevata nel poter condividere il peso del segreto. Voglio raccontarle tutto quello che cerco di tenere per me da una settimana, perché inizia a essere veramente difficile.

«Prometti che mi lascerai parlare senza interrompermi ogni due secondi?» le chiedo.

«Prometto. Ora, dai, non tenermi più sulle spine.»

Allora inizio a raccontare, soffermandomi su ogni dettaglio.

Ero uscita di casa all'alba per andare a dipingere al parco, come faccio spesso la domenica mattina. Mi aiuta a scaricare la tensione della settimana che finisce e a ricaricarmi per quella che incomincia.

Stefania sa che quando sono concentrata sulle pennellate, in sincronia con il mio respiro, non mi accorgo di quello che succede intorno a me. Se ci sono bambini che schiamazzano o cani che scorrazzano, niente riesce a distrarmi, sono come chiusa in una bolla che nessuno può infrangere.

«Sì, ma com'eri vestita? Non dirmi che avevi i tuoi soliti jeans macchiati "da artista"» mi interrompe.

Mi metto a ridere perché entrambe sappiamo già la risposta.

Vado avanti raccontandole della sensazione provata quando ho visto quel ragazzo da lontano che mi è poi venuto addosso mentre correva, rovesciando a terra il mio materiale.

Ha fatto scoppiare la bolla sacra, da cui tutti si erano sempre tenuti alla larga. Ha fatto irruzione nel mio mondo, lasciandomi sconcertata.

«Ti ha chiesto scusa, spero» interviene di nuovo Stefi.

Le rispondo di no e faccio finta di non essermi accorta del suo alzare gli occhi al cielo. So già cosa sta pensando e cerco di difendermi. Chiarisco che ho cercato di farmi rispettare, ma Stefi non ci crede e allora io le giuro che il dialogo è stato tutto tranne che un sereno chiacchierare educato tra sconosciuti. Un duello di parole affilate, uno scontro a chi attaccava più l'altro, con garbo violento.

«Non ci credo, ma vai avanti. Dimmi un po', com'era lui? Bello come immagino?»

Bellissimo, dice la mia testa, ma ad alta voce ometto il superlativo. Stefi mi vede già troppo coinvolta e non voglio farmi sgridare.

Non taccio però di essermi sentita attraversata dai suoi occhi di quel marrone così particolare, come se avesse visto tutte le insicurezze che da una vita cerco di mascherare con la mia solarità. Nessuno mi aveva mai guardata così.

Stefi sta per farmi un'altra domanda, quando si avvicina la ciurma dei nostri amici, quindi mi tappo la bocca e rimando il finale.

«Ma guarda chi c'è!» esclama Chiara, avvicinandosi con un sacchetto di patatine.

«Stiamo perdendo una delle tue epiche storie, Isa?» domanda Cris.

Sorrido, confortata dalla loro presenza, ma non voglio rivelare il mio segreto. Non so perché gli do tutta questa importanza, ma preferisco tenerlo per me ancora per un po'.

«Che è quella faccia, Isa?» nota subito Chiara, la più curiosa del gruppo.

Come Stefi, è una vera ficcanaso, ma è anche la prima ad aiutarmi quando gli esami sono difficili e la sessione si fa tosta.

«Ma quale faccia, Isa non si scompone nemmeno se arriva un uragano» aggiunge Cris, facendomi l'occhiolino.

Eppure, come se non bastasse, anche Alex mi scruta.

Cerco di depistarli. «Che corsi avete seguito oggi? Noi abbiamo avuto storia dell'arte moderna, molto carina, nonostante il prof parecchio severo» dico convinta.

«Già, sembra un corso entusiasmante!» si accoda Stefi.

Annuisco, grata per il sostegno. La conversazione per fortuna continua su questa linea e io, con mio immenso sollievo, posso tornare a respirare perché non sono più al centro dell'attenzione.

2

«L'arte è la forma più alta di speranza.»
GERHARD RICHTER

Mentre parliamo, noto il via vai di studenti che passano accanto a noi, alcuni con grandi tele sotto il braccio, altri con schizzi e bozzetti tra le mani.

L'intera accademia è in fermento e l'entusiasmo è contagioso. Il motivo è evidente: il concorso è imminente e il vincitore avrà la fortuna di esporre le sue opere a New York. Un'occasione d'oro per mettere in mostra il proprio talento.

«Sapete,» dico guardando i miei amici «il concorso è un'opportunità per tutti noi, non solo per far conoscere la nostra arte, ma anche per sostenerci e ispirarci a vicenda. Sono felice di poterlo fare con voi.»

«Siete pronti con i vostri progetti?» chiede Alex, i suoi grandi occhi verdi che brillano di entusiasmo.

Chiara, con i capelli biondi raccolti in un'elegante coda di cavallo, sorride nervosamente. «Non so, Alex. È una grande responsabilità. Ho paura di non essere all'altezza.»

Cristian, che sta sempre un po' in disparte ma osserva tutto con attenzione, interviene con la sua solita calma. «Chiara, sei bravissima. Se c'è qualcuno che merita di esporre, quella sei tu.»

«D'accordo, d'accordo, ragazzi!» Chiara sembra più convinta. «Sarà il caso di andare, allora. Ci aspetta ancora un sacco di lavoro.»

Una volta raggiunto il cancello principale facciamo per salutarci quando ecco che arriva lei, Valentina *aka* miss Belle arti, la più bella e la più stronza, va detto, dell'accademia. Un metro e ottanta di fisico da paura, capelli biondi sempre perfetti, mai nulla fuori posto. A parte il carattere, si intende. Lo so bene perché ho avuto la sfortuna di finire nelle sue mire, da quando a dicembre, al corso di pittura, la prof ha elogiato il mio lavoro e non il suo.

Ricordo ancora il suo sguardo di sfida. C'era silenzio ma era come se un velenosissimo serpente sibilasse minaccioso nella mia direzione.

E ora eccola lì, in quei jeans a zampa di elefante abbinati a una camicia bianca e linda che io non indosserei mai (avanti, chi ha voglia di mettersi a stirare nel tempo libero?), mentre ridacchia con le amiche, col suo fare superficiale che fa venire l'orticaria anche a distanza.

Faccio per prendere Stefi e Chiara per il braccio e andare, quando ecco che arriva una figura familiare. Da dietro non mi è subito chiaro chi possa essere. La silhouette è quella di un ragazzo parecchio allenato. Le mani in tasca, la testa leggermente inclinata, sembra un tipo molto a suo agio e sicuro di sé. Quando si volta per dare un bacio a Valentina, lo riconosco. Non può che essere lui, lo scontroso ragazzo del parco.

Il mio cuore si blocca, non mi aspettavo di incontrarlo lì. Abbasso lo sguardo: ho ancora i miei soliti e amati jeans blu sporchi di colore che Stefi mi intima di non indossare più, altrimenti sembro sciatta. Sento le guance divenire sempre più rosse e non so che fare. Dovrei salutarlo oppure fare finta di niente?

Vorrei solo uscire da questa situazione, e mi guardo intorno in cerca di una via di fuga. Faccio per uscire ma urto una bici, che cade trascinando le altre vicine.

Il rumore attira l'attenzione di tutti.

Con le guance in fiamme cerco di rimediare al disastro che ho causato e mi piego a raccogliere le bici da terra, tentando di non fare ulteriori danni per l'imbarazzo.

Cazzo.

Mi stanno guardando tutti.

Anche il ragazzo del parco. Riconosco subito quegli occhi. Riescono a scombussolare una parte di me profonda, radicata nel mio essere.

Lui sembra vagamente stupito di trovarmi lì. Per un istante siamo di nuovo connessi con un semplice sguardo.

«Amore, ci sei? Andiamo?» La voce di Valentina interrompe la magia del momento e lui si volta e le prende la mano.

Mi sento una stupida ad averlo fissato con insistenza e mi maledico di aver anche solo sentito quelle cose.

Stefi si accorge del mio viso paonazzo e mi trascina via, prima che io possa fare altri danni. Mi porta verso il motorino, ma io non sento niente. Mi trovo all'improvviso come in un buco nero: vedo i contorni sfocati, mi sembra di non percepire le voci intorno a me e procedo senza sapere bene dove andare. L'unica cosa a cui riesco a pensare è a come camminare, per non apparire goffa e impacciata.

«Isa, cosa è successo prima? Perché guardavi Eric come se fosse un fantasma?»

Io rimango di stucco nel sentire per la prima volta il suo nome e lo ripeto mentalmente un paio di volte, assaporando quelle poche lettere.

«Stefi, è lui il ragazzo del parco...» le dico, ancora stranita.

La mia migliore amica mi guarda attonita. «Cioè, tu mi stai dicendo che quel gran figo di Eric è lo stesso stronzo che hai incontrato e con cui hai flirtato al Giardino degli Aranci?» mi chiede eccitata.

«Sì, è lui... e comunque non ci ho flirtato» rispondo, cercando di mettere in chiaro le cose.

«Sì, sì, come vuoi. Comunque si dà il caso che il tipo sia Eric Orsini, uno dei migliori fantini in circolazione, ma anche ragazzo di Valentina, come avrai capito» mi dice Stefania con l'aria di chi sa tutto di tutti, come al solito. Non ho mai conosciuto nessuno che riuscisse a essere più al corrente di lei in fatto di gossip.

«Ma stai tranquilla, non mi interessa» le dico prima che inizi a farmi la paternale.

«Ceeerto. Comunque ora devo andare, mia madre mi aspetta a casa. Mi raccomando, non pensare troppo al tuo Eric.»

«Ma non è mio!» le urlo mentre se ne va.

Raggiungo il mio scooter, mi infilo il casco, metto in moto e vado verso casa. Nel tragitto, Roma mi appare più piccola del solito. È come se le sue mura antiche si muovessero verso di me per stringermi in una morsa che mi soffoca. Mi sento schiacciata da sentimenti che devo ancora capire.

Appena arrivo a casa, mi rifugio nella mia camera, porto sicuro dopo ogni tempesta.

Non ci sono rumori nelle altre stanze, il che significa che anche stasera mamma non c'è.

Mi ritrovo seduta sul bordo del letto, il telefono tra le mani mentre decido di cercare il profilo di Eric su Instagram. Voglio sapere di più su di lui e così inizio a sfogliare le foto del suo profilo.

Le immagini catturano momenti della sua vita: sorrisi, luoghi, amici.

Mi perdo nei miei pensieri mentre osservo ogni dettaglio, cercando di capire meglio chi sia veramente. La sua vita sembra così diversa dalla mia. Mi chiedo cosa pensasse in quei momenti catturati dalle foto, cosa provasse, cosa desideri.

In una di quelle che mi attira di più, lui è felice in sella a un magnifico cavallo nero, in un'altra posa con una bambina e una ragazza, entrambe bellissime, che dalla descrizione leggo essere le sorelle. Clicco sui tag e leggo: Iris Orsini, Victoria Orsini. Che nomi eleganti e ricercati.

Mi ritrovo a guardare quel «segui» che mi attira e senza pensarci premo quel tasto. L'attimo dopo lancio il telefono lontano da me, pentita della mia azione. Cosa pensavo di ottenere? Eric è fidanzato e irraggiungibile, non ha senso quello che sto facendo.

Per distrarmi dal disagio, accendo il computer e cerco una serie tv leggera. Guardo qualche trailer, ma non sono per niente concentrata. Allora metto le cuffie per isolarmi ancora di più e rifugiarmi nella serie che nel frattempo ho selezionato. A un certo punto però non resisto più. Prendo in mano il telefono e apro Instagram.

Eric ha iniziato a seguirti

3

«Prima sogno i miei dipinti, poi dipingo i miei sogni.»

VINCENT VAN GOGH

Le sue mani risalgono lentamente la mia schiena e tanti piccoli brividi attraversano il mio corpo.

Eric mi guarda negli occhi scostandomi una ciocca di capelli che si era allentata dalla coda oramai scomposta, mentre le sue labbra scendono a incontrare le mie in un bacio che promette molto altro.

La sua lingua inizia a giocare con la mia, per poi lasciarla e scendere sempre più giù. Le mani intanto slacciano ogni bottone della mia camicetta, che finisce per terra accanto alla sua maglia, così come il reggiseno.

Sono a seno nudo davanti a lui, ma è come se il mio posto fosse sempre stato questo.

Le sue mani non si fermano, mi accarezzano ovunque e mentre ricomincia a baciarmi si appresta ad aprire il bottone dei miei jeans.

Un suono arriva da lontano e si fa strada nella mia mente.

Porca miseria… è la mia sveglia!

Prendo coscienza di soprassalto, sentendo ancora il calore del momento che ho appena vissuto.

Le immagini del sogno si sciolgono lentamente nella mia mente, come nebbia al primo sole del mattino.

Un attimo fa ero lì, stretta tra le braccia di Eric, il battito del suo cuore che si fondeva con il mio, il nostro respiro sincronizzato in un ritmo di passione e intimità.

Ora sono sola nel mio letto, la realtà che mi riporta indietro con crudele fermezza.

Mi siedo, guardandomi intorno nella penombra della mia stanza, cercando di scuotermi dalla sensazione persistente di quel sogno così vivido.

Mi sforzo di afferrare quei frammenti che si dissolvono, cercando di trattenere la sensazione di felicità e pienezza che mi ha accompagnata mentre dormivo, ma la realtà è implacabile, e presto mi ritrovo ad affrontarla. Eric non è qui con me, probabilmente non lo sarà mai, si è trattato solo di un'illusione fugace.

Decido a malincuore di alzarmi, sono già le otto. Mi metto le mie adorate pantofole azzurre pelose e vado in soggiorno. Sul ripiano della cucina trovo uno dei biglietti di mamma, sa che la colazione è il mio momento preferito della giornata.

Nel forno c'è una torta cocco e cioccolato per la colazione. Buona giornata, amore mio!

È il suo modo di coccolarmi e io lo apprezzo molto.

Mamma non sempre c'è: da quando sono nata io si arrabatta con mille lavoretti per arrivare a fine mese e di conseguenza i suoi orari sono sempre diversi. Negli ultimi vent'anni ha vissuto mille vite. Ha fatto l'edicolante, la fiorista, la bidella, la segretaria, la badante e la cuoca a domicilio, cosa che fortunatamente continua a fare ancora e che io apprezzo molto quando mi ritrovo a essere la cavia dei suoi esperimenti culinari, soprattutto appena sveglia.

Mi gusto felice ogni boccone, poi guardo l'orologio e mi accorgo che il tempo è passato velocissimo. Devo sbrigarmi se voglio arrivare in orario.

Corro in bagno, lavo i denti per evitare fastidiosi pezzetti di cocco fra i denti, mi trucco leggermente, raccolgo i capelli ed esco velocemente.

Oggi ho la seconda lezione di storia dell'arte moderna e questa volta voglio proprio evitare di fare tardi come ieri.

Faccio lo stesso percorso di sempre con Tito e quando riesco a trovare parcheggio entro in accademia e raggiungo Stefi, che mi sta aspettando fuori dall'aula. Da lontano posso già notare dalla sua faccia che mi aspetta un bel rimprovero. Non sa proprio nascondere ciò che pensa.

«Isa, ma che ti prende? Perché non mi rispondi? Ti sei bruciata il cervello?»

La sua domanda mi colpisce come un proiettile in fronte. Mi rendo conto in quel momento di non aver ancora letto i messaggi che mi ha mandato ieri sera. Il dolce risveglio mi ha distratta e mi ha fatto dimenticare tutto il resto.

«Non dirmi che stai ancora pensando a quello lì» mi redarguisce.

Io faccio finta di non aver sentito.

«Ma dai, Isa, l'avremo visto mille volte fuori dall'università! Davvero non sapevi che è il ragazzo di Valentina?» mi dice.

La sua osservazione è sensata, ma vista l'antipatia che provo per quella ragazza, la evito sempre quando le lezioni finiscono e di certo non mi metto a ficcare il naso nelle sue relazioni.

«Ok che non sei una campionessa di gossip, ma di Eric e Valentina lo sanno pure i pesci del Tevere.»

Sorrido, ma dentro subisco una battuta d'arresto.

Eric, ripeto nella mia testa.

È passato un giorno da quando ho sentito il suo nome per la prima volta. Un nome diverso. Un nome che sa di elegante, straniero, inaccessibile, proprio come lui.

«Senti, Isa, devi togliertelo dalla testa immediatamente» riprende Stefi. «Avevo pensato di aiutarti a ritrovarlo, ma ora che so chi è lo sconosciuto del parco, scordati il mio aiuto. Per quanto mi riguarda, mettiti sui libri subito, anche se la sessione è tra più di un mese. Devi dimenticarti di quel ragazzo.»

Non potrebbe avere più ragione di così.

Annuisco ed entro in classe, prendendo posto. Sistemo il mio tablet e i miei mille evidenziatori colorati e aspetto il professore per cominciare a prendere appunti.

La lezione scorre come al solito. Seguo con attenzione e mi incanto davanti alle foto di capolavori che mi chiedo sempre quanta forza abbiano richiesto agli artisti per essere realizzati.

Quando il prof smette di spiegare, esco insieme a Stefi, la saluto e, visto che era la mia unica lezione, mi avvio verso casa.

Mi ricordo che mamma è al lavoro e che sono da sola. Pranzo ascoltando della musica e, siccome non ho nessuno con cui chiacchierare, cerco subito qualcosa da fare per non pensare. Mi siedo sul divano e faccio zapping tra i canali in tv ma niente, non trovo nulla che mi interessa. Allora mi alzo, vado in camera mia e mi butto sul letto a fissare il soffitto e le pareti.

La mia stanza è un mix di arte e colori. Sui muri che ho tinteggiato da sola, i disegni che ho fatto quando ero bambina si alternano ai poster con i miei dipinti preferiti di Van Gogh e Michelangelo.

Tra la libreria color crema e la scrivania disordinata, scorgo una delle mie creazioni più recenti e mi rendo conto che è quasi una settimana che non dipingo e inizio a sentire la mancanza della sensazione del colore che si stende sulla tela dolcemente, come un accordo di chitarra.

Metto la mia playlist preferita e tiro fuori i barattoli dei colori acrilici.

Chissà, magari oggi riuscirò a fare qualcosa di buono da consegnare per il concorso.

Prendo una nuova tela e sistemo i pennelli. Non so cosa dipingerò oggi, improvviserò. Voglio solo sfogarmi, non dedicarmi a un progetto in particolare.

Faccio per prendere il pennello che uso per tracciare le primissime linee e mi accorgo che manca.

Panico.

Non ho mai perso nulla della mia attrezzatura.

Che fine ha fatto? Cerco di fare mente locale e ricordarmi quando l'ho usato l'ultima volta.

A lezione ho portato solo penne ed evidenziatori e in casa non ho usato nemmeno un pennello per tutta la settimana.

Li ho prestati a qualcuno? Improbabile. Sono molto gelosa dei miei attrezzi e non li ho mai dati nemmeno a Stefi.

Frugo in tutti i cassetti della mia camera, persino in quelli delle mutande. Sono talmente svampita che potrei averlo messo lì distrattamente. All'improvviso, vedo sul fondo dell'armadio i miei amati jeans e realizzo. L'ultima volta che ho dipinto è stata quella domenica all'alba al parco.

Esco subito dal mio palazzo e mi incammino per prendere la metro. Con Tito farei prima, ma piove e non ho alternative.

Mentre aspetto mi guardo intorno, notando i gruppi di liceali che tornano da scuola, le mamme con i loro bambini, i turisti e tanta, tanta gente che corre frenetica, immersa nei propri pensieri e nella propria vita.

Dopo essere stata schiacciata dalla folla in uno dei molteplici vagoni ed essere scesa al Circo Massimo, mi incammino verso il Giardino degli Aranci. La brezza della pioggia primaverile accarezza il mio viso mentre percorro le viuzze affollate di Roma e mi godo la vista delle antiche rovine romane.

Entro da una delle porte d'ingresso del «mio» Giardino e ripercorro tutto il parco fino ad arrivare alla panchina dove mi ero fermata a dipingere.

Mi accorgo di avere il battito del cuore accelerato. Non posso essere così agitata per un pennello, non è possibile, ma sentendo il profumo degli aranci capisco: sono in ansia perché potrei incontrare di nuovo Eric.

Controllo veloce i vestiti e tiro un sospiro di sollievo: non sono poi così male.

Penso alle parole di Stefi, ma le caccio subito via dalla mente. So che mi direbbe di non pensare a Eric, ma ora qui ci sono io e faccio di testa mia.

Mi siedo e inizio a far scorrere lo sguardo tra gli alberi e i viali, sperando di vedere di nuovo la sua tuta nera e rossa.

Cavolo, mi ricordo perfettamente i colori che indossava quel giorno, è un brutto segno.

Perlustro con gli occhi ogni centimetro del parco, sperando di veder sbucare la sua silhouette che si è stampata nella mia testa come l'inchiostro sulla carta, ma nulla, di Eric non c'è traccia.

Mi arrendo e mi sdraio per terra per cercare meglio quel dannato pennello, tentando di non sporcarmi troppo. Ha smesso di piovere, ma il terreno è completamente infangato.

Guardo bene, ma non vedo nessun pennello. Sposto i fili d'erba bagnati, decisa a non darmi per vinta. Questo è l'unico posto in cui potrebbe essere il pennello e non esiste che io torni a casa senza.

All'improvviso, percepisco qualcuno ridere alle mie spalle, ma non me ne curo fino a che mi accorgo che quella persona si sta rivolgendo a me.

«Cercavi questo?» mi chiede porgendomi il mio pennello.

È lui, Eric Orsini.

«Come fai ad averlo tu?» gli domando stupita, guardandolo da sotto la panchina.

«L'ho trovato poco fa e immaginavo fosse tuo» mi dice con fare inspiegabilmente gentile.

«Grazie.» E mi tiro su, cercando di togliere la terra bagnata dai pantaloni.

«Lascia stare, tanto erano già sporchi, esattamente come l'altra volta» sottolinea, senza che io capisca cosa voglia intendere.

«Cosa vuoi dire?»

«Niente, ora devo andare. Puoi pure continuare a cercare l'oro sotto le panchine, Ginger» mi schernisce.

«Che cosa?!» Cerco di fermarlo, ma se n'è già andato.

4

«Ciò che può essere pensato può essere dipinto.»

LEONARDO DA VINCI

Cammino lungo il vialetto fiancheggiato da fiori colorati. Si è oramai fatta sera e sto tornando a casa. Finalmente ho il mio pennello in borsa, ma questo non basta a rendermi serena. Sono turbata dall'incontro con Eric.

Che ci faceva ancora al Giardino degli Aranci? Mi cercava oppure semplicemente abita nei dintorni ed è il suo percorso abituale? Passo tutto il tragitto verso casa a cercare di capire cosa è appena successo e a calmare il mio cuore che sempre si scompone quando parlo con lui, anche se si tratta dello scambio di poche battute, aspre per di più.

Appena varcata la porta di casa, sento il profumo della carbonara di mamma inondare le mie narici. Il mio piatto preferito.

Corro in cucina, dove trovo mamma alle prese con il guanciale.

«Isa, tesoro! Sono tornata e non c'eri, com'è andata la tua giornata?» mi domanda preoccupata, voltandosi appena mi sente entrare.

«Ciao mamma,» la tranquillizzo «è tutto ok. Il prof di storia moderna è stato fantastico come sempre e il progetto di pittura sulla natura morta procede.»

«Hai avuto lezione fino a ora?» mi chiede stupita.

«No, in realtà ho fatto una passeggiata» le dico, a metà tra la verità e una menzogna.

Non mi risponde, ma dalla sua espressione capisco cosa vorrebbe dirmi. Odia quando perdo tempo. È contenta che mi piaccia l'arte, ma vorrebbe che io nella vita facessi altro.

Capisco la sua apprensione, ma sono caparbia e vorrei dimostrarle che ce la posso fare. Credo tanto nella mia arte e voglio farne la mia professione.

Non voglio deluderla in alcun modo. Lei aveva provato da giovane a fare l'artista, ma ha dovuto mollare tutto quando ero ancora piccola e mio padre se n'è andato. Doveva mantenerci entrambe e non bastava vendere i quadri. Ha intrapreso mille strade diverse e ancora si reinventa ogni giorno per non farci mancare nulla. Ha tutte le qualità che ho imparato ad apprezzare negli altri: è indipendente, ma anche compassionevole e altruista. Non la ringrazierò mai abbastanza per quello che fa per me, nonostante io stia tentando una strada dalla quale lei vorrebbe che stessi alla larga.

Cerca di nascondere la sua disapprovazione, ma gliela leggo negli occhi. Probabilmente, se mi impegnassi, potrei leggerla anche nella carbonara.

«Ti ho preparato il tuo piatto preferito, amore» mi dice per distendere l'atmosfera.

Sorrido e l'abbraccio.

Prendiamo posto a tavola; il calore della cucina, il profumo che avvolge la stanza.

«E la tua giornata com'è andata, mamma?» le chiedo, mentre addento finalmente il primo boccone.

Lei sorride, i suoi occhi verdi brillano dietro gli occhiali. «Abbastanza impegnativa, come al solito» risponde con un sospiro, aggiungendo: «Ma ho concluso tutto quello che dovevo fare, quindi sono soddisfatta».

«Sono contenta» le dico con un sorriso.

Arrivate al dolce siamo interrotte dal campanello di casa. È Sofia, una mia carissima amica conosciuta l'estate scorsa in vacanza in Sardegna.

Dato che viviamo molto vicine, ha preso l'abitudine di venire ogni mercoledì a casa mia, per studiare o guardare una nuova serie, e a volte è così fortunata da riuscire anche a scroccare una fetta di torta e il caffè. Oggi, dato che nel pomeriggio ero alla ricerca del mio pennello perduto, ha perso la sua occasione di avere la sua immancabile merenda, per cui è venuta a recuperarla come dolce del dopocena.

Tra le mie amiche è la preferita di mamma, perché tra tutte è la più gentile. Sempre educata, premurosa e delicata nel porsi. Inoltre, i suoi modi d'altri tempi si manifestano anche nella cura e nella grazia con cui sa vestirsi, e non a caso è iscritta a un istituto di moda.

Non le confido sempre le stesse cose che racconto a Stefania. La nostra è un'amicizia diversa, basata più che altro sul sostegno che ci diamo a vicenda nei momenti di difficoltà. Quando sono sotto stress è la persona che mi sa calmare nel caos più totale. Di me, invece, credo che lei apprezzi la sincerità, soprattutto quando mi presenta i suoi progetti di moda. A volte rischio di essere troppo diretta, ma lei dice che le piace la mia schiettezza e ci tiene sempre a ricordare che ho proprio «un bel caratterino».

«Hellooo, piccole donne!» esclama appena entra in cucina.

A Sofia piace salutarci ogni volta in modo diverso. Le sue sono sempre entrate a effetto. Temo che prima o poi arriverà il giorno in cui arriverà con dei fuochi d'artificio o dei ballerini.

«Ciao, Sofia!» le sorride mia mamma, seguendo a ruota il suo entusiasmo. «Che coincidenza, stavamo giusto per mangiare il dolce» le dice strizzando un occhio.

«Mamma ha fatto la cheesecake ai lamponi» aggiungo io per farle venire ancora più acquolina.

«Lo diceva l'oroscopo che è la mia settimana fortunata» risponde Sofi, strofinandosi le mani l'attimo prima di spostare la sedia e mettersi a tavola con noi.

«Che bello quel ricamo sulla manica, l'hai fatto tu?» le chiede mia madre, alludendo alle frange colorate e alle piccole perle che pendono dalle maniche della t-shirt.

«Che occhio che hai, Patty» risponde Sofi ringraziandola per averlo notato. «Fanno parte del mio ultimo progetto. Sembra solo un piccolo ricamo, ma ha un significato. Dovevamo ideare una collezione che avesse come tema il mare, per cui ho pensato di ricreare delle frange arancioni che somigliassero ai coralli e aggiungere delle perle che ricordassero i segreti delle conchiglie.»

«Che bella idea» commenta mia mamma, che non lo dice ma la ama quasi come una seconda figlia.

Io sono d'accordo, Sofi sa dare il meglio di sé quando deve rendere materiali i suoi pensieri e le sue idee.

Mentre mangiamo, ci intrattiene con i dettagli dei suoi progetti di fine anno. Con la sua parlantina, Sofia è una forza della natura, un'energia contagiosa, un uragano di un metro e sessanta, con i capelli lunghi e castani che completano perfettamente i suoi look sempre perfetti e femminili. Non c'è dubbio, la ragazza sa sempre come conquistare la scena e non nego che a volte un po' la invidio. Io sono così goffa in confronto!

Appena finito, ci spostiamo nella mia camera e ci sdraiamo sul letto, una accanto all'altra. Lo facciamo spesso perché ci piace guardare il soffitto che abbiamo dipinto insieme l'estate scorsa: un cielo sbiadito con qualche punta di giallo. L'idea era quella di ricreare il soffitto blu con le stelle della Cappella degli Scrovegni. La realtà è che non abbiamo né la mano né i colori di Giotto, per cui è venuto fuori un cielo scolorito con qualche accenno dorato qua e là, ma va bene così, ci siamo affezionate lo stesso.

«Che ne pensi di questa foto?» mi chiede, mostrandomi sullo schermo del suo telefono un'immagine dei vestiti della sua collezione marina.

«Mi piace, ma metterei uno sfondo blu, per richiamare ancora di più l'idea del mare» le dico con sincerità.

Sofi annuisce e passa alle foto successive. L'aiuto a scegliere le migliori, poi le faccio la stessa domanda. Le mostro le foto dei miei ritratti e decidiamo in che ordine pubblicarle.

Ora mi sembra un gesto spontaneo, ma c'è voluto parecchio tempo perché io mi decidessi a postare i miei disegni. Sono sempre stata molto protettiva nei confronti delle mie cose. Fino a pochi mesi fa mostravo le mie tele solo a mia madre e ai miei amici più stretti. È stata proprio Sofi a farmi cambiare idea. «L'arte merita di essere condivisa!» dice sempre.

Dopo i primi post un po' timidi, devo ammettere che ci ho preso la mano e ora mi diverte farlo. Non ricevo troppi apprezzamenti, ma mi piace vedere le mie tele una accanto all'altra sul mio feed.

«Che ne pensi di andare a una festa venerdì sera? Chiara canta per la prima volta in un locale e mi ha chiesto di fare un gruppo per supportarla» domanda Sofi, interrompendo il mio flusso di pensieri.

«Ma certo che ci vengo! Gli altri ci saranno?» le chiedo felice.

«Certo, ho già scritto a tutti. E per animare un po' la serata ho invitato anche mio cugino e i suoi amici» risponde Sofia.

«Ottima idea» concludo.

«Speriamo ci sia qualcuno di carino!» aggiunge lei ammiccando.

Mia madre a quel punto ci interrompe chiedendoci di farle compagnia mentre guarda l'ennesimo film romantico su Netflix, a proposito di ragazzi carini.

«Arriviamo, Patty!» le urla Sofi, sperando che ci senta anche con la porta chiusa.

Stiamo per uscire dalla stanza, quando il telefono rimasto sul letto si mette a vibrare. È una notifica di Instagram.

Prendo il telefono e controllo. Il messaggio arriva da un certo @artistatormentato, un contatto sconosciuto. Di certo non fa parte dei miei amici: un nome così me lo ricorderei.

Sofi alza un sopracciglio.

Sblocco il telefono e leggo:

@artistatormentato: Grazie per le foto che pubblichi, sono belle quasi quanto te

È la prima volta che qualcuno mi scrive una cosa del genere e non so come reagire.

«Ma chi è, Isa? Lo conosci?» chiede incalzandomi Sofi.

Le rispondo che è un account sconosciuto e non ho idea di chi sia.

Guardo le foto del feed: sono tutte di quadri famosi che adoro e alcuni scatti di Roma.

«Beh, rispondigli!» mi incita.

Ha ragione.

Ehi! Grazie per il tuo complimento, mi ha fatto molto piacere.
Hai un nome?

Premo invio ed esco dalla camera con Sofi.

Ci mettiamo sul divano e incominciamo a guardare

il film. Appena finisce la prima scena, vedo lo schermo del mio telefono illuminarsi di nuovo. Lo prendo subito in mano e leggo.

La conversazione con lo sconosciuto prosegue.

@artistatormentato: Sì, un vero nome ce l'ho, ma per il momento ti lascio nel mistero

Ecco, il solito maniaco, penso. Oppure qualcuno che ha voglia di scherzare.

Non ci do peso. Metto via definitivamente il telefono e mi concentro sul film. Mi distraggo solo a metà per prendere dalla cucina le ultime fette di cheesecake rimaste e portarle in sala per mangiarle sul divano insieme a mamma e Sofi. Amo le serate così.

Quando il film finisce, saluto Sofi e torno in camera.

È tardi, ma non ho sonno. Potrei guardare un altro film, ma non mi sembra il caso. Cerco un libro e mi accorgo di aver lasciato sulla scrivania il materiale per la nuova tela, quella che non avevo iniziato per via del pennello che mancava. La rimetto sul cavalletto e preparo i colori.

Mi siedo con il pennello in mano e lascio che la mia mente si svuoti.

Penso al tema del concorso e a quello che voglio rappresentare. La richiesta è di catturare un momento di pura bellezza, un'istantanea di ciò che rende Roma così speciale. Cosa rende unica la Città eterna per me?, mi domando.

A parole è difficile dirlo e proprio per questo ho in mano un pennello e non una penna. Forse a renderla speciale sono i suoi monumenti, la sua storia, forse i segreti fra le vie e i palazzi, forse i profumi che la primavera fa circolare nell'aria. Ecco, sì, ecco cos'è per me un'istantanea della bellezza di Roma: l'alba al Giardino degli Aranci.

Decido così di terminare il dipinto iniziato lì. Metto via la tela intonsa e riprendo quella dello scorso fine settimana. Non la ricordavo così bella.

Il cielo tinto di arancione e rosa fa spazio al sole che sorge all'orizzonte, nascosto dalle fronde degli alberi che sembrano sipari che si aprono per lasciarlo entrare. È lo sfondo perfetto, manca solo una presenza umana che ricordi che c'è qualcuno capace di ammirare e catturare tanta bellezza.

Mentre dipingo, i miei pensieri vagano, oltre il pennello, oltre la tela, oltre le nuvole, finte e vere. Penso a Eric, alla scintilla che ho sentito quando i nostri sguardi si sono incrociati. Mi chiedo se anche lui abbia provato la stessa cosa.

Perdo la cognizione dello spazio e del tempo, e sono quasi inconsapevole di quello che le mie dita tratteggiano. Quando alzo lo sguardo dalla tela, mi rendo conto che è passata gran parte della notte e che la silhouette che ho delineato sul tessuto non è una qualunque. Pur non volendolo, ho dipinto Eric: è comparso come nella mia vita, senza che io me ne accorgessi. Per me risulta chiaro, ma per fortuna nel dipinto non è realmente riconoscibile: è solo una figura maschile che scruta l'orizzonte. Sono certa che nessuno lo riconoscerà. Il mio segreto rimarrà qui, nascosto tra le sfumature dei colori e i sussulti del mio cuore.

5

«L'arte è una linea intorno ai tuoi pensieri.»
GUSTAV KLIMT

«Non è vero, Chiara, non gli avresti mai risposto così.»

Sento la voce di Alex mentre mi avvicino al nostro bar preferito nel centro di Roma.

«Ok, hai ragione. Potrei aver detto una piccola bugia. È che io ci provo a non essere sottona, ma non mi smentisco mai» dice Chiara.

Quando arrivo, stanno già mangiando tutti. Non li biasimo per non avermi aspettata: dovevamo trovarci per mangiare un panino insieme prima dell'inizio delle lezioni del pomeriggio, ma mi sono persa via come al solito a disegnare e ho accumulato un ritardo di quasi un'ora.

Chiara sta raccontando della sua ultima cotta e Alex come al solito ha capito al volo la situazione. Non gli sfugge mai niente. È un'anima sensibile e sa cogliere velocemente i pensieri di chi sta ascoltando, anche solo da come quella persona si scosta i capelli o sorride. È un vero detective delle emozioni, con due grandi occhi verdi che scrutano il mondo nascosti da un mucchio di capelli neri sempre spettinati.

Faccio per salutarli ma è proprio lui a introdurmi. «Eccola, è arrivata Cenerentola!»

Mi chiama spesso così quando sono in ritardo, come se fossi la principessa che rischia sempre di non rincasare per tempo.

«Sono più un topino, io» rispondo per togliermi dall'imbarazzo e facendo emergere la mia parte più insicura.

Tutti ridono alla mia battuta. Ordino e mi siedo accanto ad Alex.

Chiacchieriamo fra di noi fino a che Cristian inizia a rivolgerci strane occhiate e lancia la patata bollente. «Ehi, voi due, cos'è tutta questa confidenza?»

Il suo fare stuzzicante è, ahimè, subito colto al volo da Chiara. «Già, vi ho visti lunedì che tessevate discorsi con un solo sguardo.»

Io divento subito paonazza. È vero, io e Alex ci intendiamo senza dire molte parole, ma fra noi non c'è nulla che vada oltre una solida amicizia.

Bevo un bel sorso di Coca Zero prima di prendere la parola, ma è Stefi a salvarmi dall'imbarazzo. «Sei pronta per il concerto di venerdì?» dice rivolta a Chiara.

Sono salva. Grazie, Stefi.

Chiara arrossisce leggermente e sorride, visibilmente emozionata. «Sono nervosa ed eccitata allo stesso tempo. Vorrei fosse già domani, così avrei un giorno in meno per agitarmi!»

Alex interviene per rassicurarla. «Ci saremo noi a tifare per te! E poi Sofia ha già creato un fan club praticamente. Sarà fantastico!»

Cristian alza il bicchiere e brindiamo tutti insieme. «Alla nostra Chiara, la futura stella della musica!» I nostri bicchieri si toccano fra loro e Chiara ringrazia, sorridendo a trentadue denti.

Io mi godo questo momento di estemporaneo entusiasmo, quando di colpo Stefi mi tira una gomitata. Di nuovo. Oramai è il nostro segnale in codice. Seguo il suo sguardo e vedo che si posa su una ragazza bellissima che sta passando accanto al bar in quel momento. Guardo Stefi, smarrita: non ho idea di chi sia. Gli zigomi alti mi sono familiari, ma non saprei dire a chi appartengano. Stefi mi svela, sussurrando nell'orecchio: «È Victoria, Isa, la sorella di Eric».

Ora mi ricordo: avevo visto la sua faccia nelle foto del profilo di Eric.

«E tu come fai a saperlo?» le chiedo sorpresa.

Poi mi rispondo da sola: Stefi sa tutto di tutti, che domande stupide che faccio.

Mi volto ancora verso Victoria e rimango sopraffatta dalla somiglianza con Eric. Se non sapessi che lei è più grande di qualche anno, li scambierei per gemelli.

È incredibile come io abbia passato una vita intera a non sapere nulla di Eric e ora sembra che ogni azione che compio mi riporti a lui. Vado al parco e vedo lui, vado in accademia e vedo lui, vado a pranzo con gli amici e, tra i lineamenti di Victoria, ancora vedo lui. Sembra una maledizione.

Bevo un altro po' di Coca Zero, poi riprendo a osservarla, mentre con alcune amiche si guarda intorno per decidere in quale bar fermarsi.

La studio cercando di non farmi sgamare e noto che assomiglia molto anche a Valentina. Sono entrambe due bellissime ragazze. Alte, sicure, quasi austere.

Valentina bionda, formosa, sempre impeccabile (giuro, non l'ho mai vista una volta con i capelli asciugati male); Victoria più esile, magra, ma dai lineamenti marcati, quasi spigolosi.

Soprattutto, due ragazze elegantissime, così distanti dal mio modo di fare, vestire ed essere. I nostri mondi sono inconciliabili.

Mi volto verso Stefi e capisco che ha ragione: devo togliermelo dalla testa.

Mia mamma probabilmente sarebbe anche contenta di avere un bel ragazzo e di buona famiglia a girare per casa, uno che magari riuscirebbe anche a farmi cambiare idea sul mio futuro nel mondo dell'arte.

Al contrario però, visti Eric e Victoria, non so se mi sentirei altrettanto bene accolta in casa loro. Mi immagino già la scena: io, con i miei soliti jeans logori, che varco l'ingresso di un elegante palazzo romano pieno di colonne e scalinate in marmo sentendomi come un pianista classico in una discoteca techno.

Non ci azzeccherei proprio. Mi sentirei a disagio e finirei per fare figuracce che mi renderebbero ancora più insicura.

È meglio se sto al mio posto e piuttosto do una chance all'ammiratore segreto di Instagram. Chissà, magari scopro che non è uno squilibrato ma un bellissimo ragazzo appassionato di arte proprio come me.

Finisco la mia bibita e torno a concentrarmi sulla

conversazione di gruppo, direi che mi sono alienata abbastanza.

Quando finiamo di mangiare, arriva la comunicazione che le lezioni del pomeriggio sono annullate. Ne approfitto per stare un po' con Stefi e raccontarle dell'anonimo. Sarà contenta di sapere che c'è un altro ragazzo al quale posso pensare, al posto di perdere tempo facendomi strane illusioni su Eric.

«Da quanto tempo ti manda messaggi su Instagram?» mi chiede mentre camminiamo per le vie del centro.

Cerco di mettere in ordine i miei pensieri. Mi sembra che la storia vada avanti da giorni e invece è iniziata solo poche ore fa.

«Ha iniziato ieri sera. Ho ricevuto una notifica sul nuovo profilo su cui pubblico le mie opere e c'era questo messaggio» le spiego facendole vedere il telefono. «Non si è limitato a qualche complimento sui ritratti, ha fatto apprezzamenti anche su di me» aggiungo.

Stefi sorride, intrigata. «Non gli hai più detto nulla?» domanda.

«Beh, no, deve essere lui a farsi vivo» rispondo.

«Oh, ma piantala, come sei all'antica!» mi sgrida.

In un batter d'occhio, mi ruba di mano il telefono e prima che io possa fermarla, scrive un messaggio.

Come hai trovato il mio profilo? Sono curiosa :)

Inviato.

La guardo con gli occhi spalancati e lei sorride eccitata, totalmente incurante della mia reazione preoccupata.

«Ma che ti salta in mente, sei matta?» le grido.

«Suvvia, è un messaggio, che sarà mai! E poi se non mi muovo io, chissà quando sarebbe andata avanti questa conversazione» risponde lei sicura di sé.

Scuoto la testa e spero che il ragazzo risponda. Sono in ansia.

Il telefono per fortuna vibra dopo pochi istanti.

«È lui, vero?» domando a Stefi, che ha ancora in ostaggio il mio telefono.

«Yes, baby» mi dice lei tutta fiera.

Ciao! Tramite un post che qualcuno ha condiviso. Sono rimasto colpito dalla tua arte e ho deciso di seguirti. Spero che non ti dispiaccia

«Com'è vago» commento. «Chi è quel qualcuno? Perché non me lo dice?» aggiungo.

«Come sei paranoica, Isa. È tutto ok, non mi sembra uno fuori di testa» mi tranquillizza Stefi. «Mi pare semplicemente uno che apprezza i tuoi quadri, tutto qua.»

«E perché non dirmelo di persona?»

«Magari è timido.»

«Non mi convince.»

«Magari non sa come trovarti e Instagram è la soluzione più comoda.»

«Sì, forse hai ragione, ma voglio sapere qualcosa in più.»

«Non aspettavo altro» dice lei, contenta di poter continuare il suo lavoro.

Si ferma su una panchina e riprende a scrivere allo sconosciuto, mentre io la guardo fare, sperando non mi metta nei guai.

Fai arte anche tu, o sei solo un appassionato?

«Ci sta» le dico dopo aver visto cosa gli ha scritto. «Magari è qualcuno che conosciamo» aggiungo speranzosa.

«O, mal che vada, avrai qualcuno a cui vendere qualche quadro!» esclama lei.

Sul telefono compare una nuova risposta.

Scarabocchio anche io ogni tanto, ma non sono bravo come te

«Ci sta provandooo!» canticchia Stefi gongolando, mentre lui continua a scrivere.

Mi piace molto l'arte e trovo che il tuo stile sia davvero unico... è come se tu fossi in grado di catturare le emozioni

«E mica poco!» riprende Stefi.

Sorrido, apprezzando il complimento dell'anonimo, ma la mia curiosità sulla sua identità cresce. Riprendo il mio telefono togliendolo dalle mani di Stefi e mi spingo un po' più in là per scoprire di chi si tratta.

Grazie, significa molto per me. Mi piacerebbe sapere qualcosa di più su di te. Come ti chiami?

Preferirei rimanere anonimo per ora

«Che ragazzo difficile» commenta Stefi.

«Già, mi sa che sarà dura capirci qualcosa» sospiro, delusa ma allo stesso tempo intrigata. C'è qualcosa che inizia ad affascinarmi in questo mistero.

Rispondo, cercando di mantenere la conversazione leggera.

Se dici «per ora» vuol dire che posso sperare che prima o poi ti rivelerai?

Può essere

Ti ho mai visto?

Sì

E dove?

In accademia

Guardo Stefi elettrizzata.

«Chi potrà mai essere?» le chiedo.

«Non lo so, vai avanti, magari ci dà qualche altro indizio» mi incita.

Ti vedrò al concorso di fine anno?

L'anonimo visualizza, ma non risponde.

Spero almeno in un «*sta scrivendo...*», tuttavia la mia domanda rimane in sospeso. Aspettiamo qualche minuto in silenzio, finché mi decido a chiudere la chat.

Stefi mi raccomanda di aggiornarla sul prosieguo e mi saluta, diretta a recuperare il suo fratellino Tommy all'asilo. «Mandami gli screen appena ti risponde!» mi dice mentre si allontana.

Io mi dirigo verso casa e penso a come sistemare gli ultimi dettagli della tela per il concorso.

Quando entro in casa, mamma sta preparando la cena. Mi rintano nella mia cameretta e osservo la tela: è più bella di quanto ricordassi. Temevo che si potessero intravedere i lineamenti di Eric, ma la sua figura è così vagamente accennata che posso stare tranquilla, nessuno lo riconoscerà. Prendo in mano i tubetti dei colori caldi per dare qualche ritocco alle sfumature dell'alba, quando mi accorgo che l'anonimo mi ha scritto.

Scusami se non ti ho più risposto, avevo da fare. Comunque non sono sicuro di riuscire a venire, però mi piacerebbe tanto poter vedere le tue opere dal vivo un giorno

Quando leggo il suo messaggio, sono presa da emozioni contrastanti: sono contenta che mi abbia risposto, delusa per il fatto che forse non verrà al concorso e ancora lusingata dalla sua gentilezza e dal suo interesse nei confronti della mia arte.

Cosa ti piace così tanto delle mie creazioni?

Gli faccio questa domanda per capire se è davvero interessato alle mie opere oppure è solo una scusa per provarci.

Mi danno l'impressione che catturino le tue emozioni nel presente, come se non ci fosse mai un progetto a monte, ma sempre e solo la tua creatività che fluisce sulla carta tramite i pennelli

Il cuore mi batte forte. Nessuno aveva mai guardato in questo modo le mie opere.

È così?

Lo sconosciuto porta avanti la conversazione perché sono emozionata e non rispondo. Tiro un bel respiro e gli confesso che sì, procede così la mia gestazione creativa. Quando vedo qualcosa che mi ispira in modo particolare, lo immortalo immediatamente. Mi tuffo nella tela come farei nel mare, lasciandomi trasportare dalla corrente.

Lui mi risponde facendo riferimenti ai vari quadri che ho postato sul mio profilo, sembra conoscerli a memoria. Mi sento finalmente vista come artista.

Mi lascio coinvolgere nella conversazione, incurante

degli svariati richiami che mamma mi fa per ricordarmi che la cena è pronta. Per una sera, mi concedo di non pensare a Eric e ai sentimenti strani che mi fa provare. Ora mi sento bene. Mi sento vista, apprezzata, quasi coccolata dalle parole di questo ragazzo misterioso. Sembra gentile, attento e premuroso. Più conversiamo, più mi sento connessa a lui, anche se non ho idea di che faccia abbia. Un po' fantastico e cerco di immaginarmelo, un po' metto in pausa i film mentali per non crederci troppo prima ancora di conoscerlo dal vivo.

Passiamo ancora un po' di tempo a parlare di arte, condividendo le nostre opinioni e ispirazioni. Non so come, ma riesco anche a captare qualche informazione su di lui, vaga, ma che mi dà l'idea che sia un tipo a posto, di cui posso fidarmi. Insomma, anche se rimane anonimo, sento di iniziare a conoscere questa persona a un livello più profondo.

Alla fine della serata, mi sento stranamente soddisfatta. Nonostante io non abbia scoperto la sua identità, ho trovato qualcuno con cui condividere la mia passione per l'arte e con cui parlare senza sentirmi a disagio.

Spengo il telefono e mi preparo per andare a letto, con la speranza di continuare questa intrigante conversazione domani.

6

«L'unico momento in cui mi sento vivo è quando dipingo.»

VINCENT VAN GOGH

Mi metto gli occhiali da sole e vado dritta al mio bar di fiducia. Le lezioni del mattino sono state interessanti come sempre, anche se un filo più impegnative del solito, dato che bisognava recuperare le ore perse ieri. Insomma, dopo aver preso appunti alla velocità della luce per quattro ore, direi che mi merito proprio una merenda al sole.

Raggiungo Remo, il mio bar preferito, passando dal Pincio, da dove la vista è sempre pazzesca. Da questo colle, la città si estende a perdita d'occhio, con i suoi tetti rossi e il Tevere che serpeggia placido sullo sfondo. Le cupole delle chiese brillano sotto il sole e il Colosseo si staglia in lontananza, testimone silenzioso dei secoli passati. È un panorama che toglie il fiato ogni volta.

Mi avvicino all'ingresso, sentendo il profumo invitante del cibo che si diffonde nell'aria e mi faccio strada tra i tavolini color pastello fino a trovare il posto perfetto, all'ombra di una grande tenda verde.

Mi siedo e guardo il menu, indecisa su cosa ordinare. Lo scorro più volte e alla fine opto per un toast prosciutto e mozzarella, accompagnato dalla mia immancabile Coca Zero.

Mentre aspetto lo spuntino, guardo il via vai di persone intorno a me. Ci sono turisti che arrivano da ogni parte del mondo – li riconosco per i cappellini coordinati e le bandierine gialle delle guide – per ammirare quello che io vedo ogni giorno.

C'è qualcosa di rilassante nell'osservare la vita che scorre intorno a me, lontana dai problemi e dalle preoccupazioni della giornata, penso mentre il vociare dei turisti si diffonde nell'aria a creare una nuvola sonora che quasi mi culla.

Quando il mio ordine arriva, mi godo il mio pranzo con calma, assaporando ogni morso mentre il sole splende sopra di me.

Appena finisco, mi volto per prendere il mio quaderno nella borsa appoggiata allo schienale e senza accorgermene mi blocco. A poca distanza da me, anche lui assorto ma nella lettura, c'è Eric.

Il mio cuore inizia a battere più forte nel petto mentre lo osservo, incredula di trovarlo qui, a due passi da me.

Lui sembra immerso nei suoi pensieri, il volto serio e concentrato mentre legge un libro che non riesco bene a distinguere.

Non posso fare a meno di notare quanto sia affascinante, persino quando non si impegna a esserlo.

Di profilo, mi sembra ancora più bello della prima volta. Gli zigomi, da questa prospettiva, appaiono meno duri. Sembra quasi dolce.

Rimango ovviamente al mio posto. Perché dovrei andare a salutarlo io?

Lo osservo a distanza e lascio che sia lui a decidere se avvicinarsi o meno. *Sempre che si accorga di me.*

Continuo a sorseggiare la mia Coca, cercando di concentrarmi sulle bollicine e la fetta di limone e non sulle emozioni tumultuose che Eric riesce a scatenare dentro di me persino senza rivolgermi la parola.

Mi giro di nuovo verso la mia borsa a cercare il telefono. Ho il disperato bisogno di avere in mano qualcosa e fare finta di essere indaffarata. Instagram è ottimo per questo.

Mentre scrollo il feed, sento lo sguardo di qualcuno su di me. Alzo gli occhi e incrocio i suoi. Potrei riconoscerli in mezzo a mille.

Il cuore batte ancora più forte mentre mi rendo conto di essere catturata dalla sua presenza, come un animale braccato che non si può in alcun modo liberare. Per un attimo, mi sembra di essere bloccata in una sorta di trance, imprigionata dall'intensità del suo sguardo, come fosse la prima volta.

Di colpo, con un sussulto di cui sicuramente si sarà accorto, ricordo di avere il telefono in mano e faccio finta di concentrarmi, di essere profondamente interessata a qualcosa sullo schermo. Non so se sono credibile, ma ci provo.

Devo mascherare quello che ho dentro, voglio apparire indifferente. Non è mai successo nulla fra noi, eppure anche il nostro ultimo incontro al parco mi ha turbata. Non so mai cosa aspettarmi da quel ragazzo. Mi prenderà in giro? Sarà gentile? Mi cercherà o si terrà lontano?

Continuo a evitare il suo sguardo, nel tentativo di non far trasparire il mio imbarazzo e la mia confusione. Forse sono ridicola, ma sono palesemente nel panico.

Non ho idea di cosa lui pensi di me o del nostro inaspettato incontro al parco. Magari per lui non ha significato nulla e io sono solo la ragazza che gli ha fastidiosamente sporcato la tuta da jogging.

Continuo a fissare lo schermo del telefono nonostante le immagini che scorrono mi appaiano sfocate e irrilevanti.

«Ciao, Ginger.» Eric mi guarda con lo stesso sorriso sghembo e l'aria provocante e provocatoria di sempre.

«Mi chiamo Isabella» sbuffo scocciata, continuando a fissare lo schermo e facendo finta che la sua presenza mi sia indifferente.

Se solo non fosse così bello sarebbe tutto più facile.

«È un bel nome» risponde.

Sono ancora più confusa di prima. Eric Orsini sembra non volermi attaccare.

«Ginger però ti si addice di più.»

Ok, ora lo riconosco.

«Io invece sono Eric» aggiunge porgendomi la mano.

Sento la terra sprofondare sotto i miei piedi. Non sono sicura di poter reggere un nostro contatto fisico.

Cerco di fare la disinvolta e gliela stringo. È il gesto di un attimo, ma quel momento mi pare infinito. Mi sembra di poter essere in contatto con lui, di poter andare oltre la sua armatura da duro.

I nostri occhi sembrano non volersi separare e mentre mi perdo nelle sue iridi color caramello, mi rendo conto che sto ancora trattenendo la sua mano. Appena me ne accorgo, la ritraggo veloce.

«Sei nervosa?» mi chiede.

Sono ancora più confusa dal suo fare a tratti gentile e premuroso, a tratti punzecchiante e fastidioso.

«Dai, non fare così. Ti ho vista qui sola e volevo solo parlare un po'.»

Appunto. È indecifrabile il ragazzo.

Afferra la sedia vuota accanto alla mia e la sposta più vicino a me.

«Una Coca Zero anche per me!» urla al cameriere.

Dove vuole arrivare?, mi chiedo mentre si fa sempre più vicino.

«Oggi non dipingi?» mi domanda.

«No, non ho tempere da rovesciarti addosso, mi dispiace» dico con un mezzo sorriso, provando a essere ironica e disinvolta.

Sorride anche lui ed è bellissimo.

«E quindi tu studi arte, giusto?» domanda.

«Studio arte» rispondo.

Vorrei chiedergli cosa fa lui, ma non voglio pensi che io sia davvero interessata. Lascio che sia lui a condurre la conversazione.

Dopo pochi istanti, infatti, mi chiede: «Vieni spesso qui?».

«Sì, studiando qui vicino, quando ho voglia di stare un po' al sole, vengo qui. Anche tu?»

«È la prima volta» risponde.

«Ah» dico sorpresa.

«Ma penso che verrò più spesso a questo punto» mi dice, guardandomi e lasciando intendere mille parole.

Non so come rispondere e fortunatamente il destino lo fa per me. Mentre cerco la replica più adatta, la tasca della sua giacca si mette a vibrare. Eric prende in mano il telefono e controlla da chi arriva la chiamata. Il suo viso si rabbuia in un secondo.

«Tutto bene?» domando.

«No» risponde.

«In che senso?» provo a chiedere.

«Niente, devo andare» asserisce secco.

«Ma ti sei appena seduto» sussurro, accorgendomi troppo tardi di avere gli occhi lucidi come un cerbiatto di pochi mesi perso nel bosco.

«Scusami» dice freddo. «Bevila pure tu la Coca» aggiunge mentre lascia sul tavolo i soldi per offrirmela.

«Ehi, ma così sono in debito!» dico a voce alta. Eric però è già fuori dal bar e non riesce a sentirmi.

Ancora una volta mi ritrovo da sola e confusa dopo averlo incontrato. Rimango al tavolino con le mie domande senza risposta.

Resto seduta in silenzio, con la sua Coca in mano, neanche aperta, che sembra fissarmi e ridere di me.

7

«L'arte è una bugia che ci fa realizzare la verità.»

PABLO PICASSO

Stefania mi ha convinta a mettere un vestitino corto in jeans con degli stivali neri col tacco e devo dire che il risultato non mi dispiace affatto.

La sera del tanto atteso concerto è arrivata e ho deciso di farmi bella. Non devo fare colpo su nessuno in particolare, ma chissà: magari senza saperlo incontrerò lo sconosciuto di Instagram.

Quando arrivo al locale che ospiterà la strabiliante voce di Chiara, l'aria è carica di un'eccitazione palpabile.

Appena entriamo, ci accolgono luci soffuse e musica di sottofondo. Cristian trova un tavolo vicino al palco e ci sediamo, mentre aspettiamo l'arrivo di Sofia. Conoscendola, sarà ancora lì a scegliere l'outfit più adatto per la serata.

Il concerto deve ancora iniziare e ricevo una notifica da Instagram:

@artistatormentato: Che fai stasera?

Mi accorgo di avere un inequivocabile sorriso stampato in faccia. Lo maschero, sperando che nessuno se ne sia accorto. La faccenda è ancora segreta e questa è la serata di Chiara, non voglio distogliere l'attenzione del resto del gruppo che è qui per supportarla. Rispondo subito.

Sono a sentire un'amica che canta in un locale. Si esibisce per la prima volta e sono coi miei amici a darle sostegno

Che cosa carina

Vuoi raggiungermi?

@artistatormentato *Sta scrivendo...*

Faccio su e giù con la gamba per il nervosismo, mentre gli altri parlano di cosa prendere da bere durante l'attesa.

Credo sia meglio di no

La delusione traspare dalla mia espressione del viso.

Ancora una volta, ho lasciato che qualcuno si prendesse gioco di me, che mi stuzzicasse per poi lasciarmi con niente in mano.

Perché mi perdo sempre nelle cose impossibili?

Penso a cosa rispondere, quando sento un inconfondibile saluto gridato dalla porta d'ingresso. Sofia è arrivata. Fa il suo ingresso teatrale nel locale e si avvicina al nostro tavolo con un gruppo di amici che aveva promesso avrebbe portato. È sorridente e radiosa come sempre, nello spirito e nell'outfit, stracolmo di paillettes che riflettono la luce in ogni direzione.

«Sofia! Sei arrivata!» esclamo, avvicinandomi per salutarla e reinserirmi nel gruppo.

«Isa!» risponde lei, abbracciandomi calorosamente. «Scusate il ritardo, siamo passati a prendere mio cugino» dice mentre fa spazio al ragazzo che la segue.

Non ci faccio subito caso, c'è confusione nel locale e sono attratta dal vestito della mia amica. Glielo faccio notare e lei coglie l'occasione per dirmi che è un'altra delle sue ultime creazioni di moda.

«Sei sorprendente» le dico, scoccandole un bacio sulla guancia.

Manca poco all'inizio del concerto e la sala è sempre più affollata. L'energia è alta, ma in me qualcosa si blocca quando mi giro per dare un occhio al famoso cugino di cui Sofia ci aveva tanto parlato.

Il mio cuore quasi si ferma. Somiglia in modo incredibile a Eric.

Si avvicina per presentarsi. «Ehi, sono Luca» mi dice.

Pericolo scampato. Sembra il fratello gemello di Eric. Per fortuna, non è lui. Non avrei saputo gestire una situazione simile.

«Io sono Isabella, piacere di conoscerti» gli rispondo cordiale.

Scambiamo due parole e cerchiamo un posto dove sederci prima che si spengano le luci. Il proprietario del locale annuncia l'ingresso di Chiara e un'energia elettrizzante riempie la sala. Sofia prende posto accanto a me e Luca.

Chiara e la sua band salgono sul palco. La vedo sorridere, emozionata e un po' nervosa, ma pronta a dare il meglio di sé.

È illuminata da luci soffuse che mettono in risalto il suo abito rosso aderente e i lunghi capelli biondi che le cadono morbidi sulle spalle. I tacchi alti accentuano la sua postura sicura e la sua presenza magnetica mentre si avvicina al microfono. Emana energia pura ancora prima di aprire bocca.

Con un sorriso radioso sulle labbra, Chiara si appresta a esibirsi. Quando inizia a cantare, il suono della sua voce riempie la stanza, avvolgendo ogni persona presente in un abbraccio di emozioni. La sua voce è potente e allo stesso tempo delicata, capace di esprimere una vasta gamma di sensazioni con ogni nota. I suoi movimenti sul palco sono fluidi e coinvolgenti, guidati dal ritmo della musica e dalla passione che brucia dentro di lei. Ogni gesto, ogni espressione del suo viso trasmette l'emozione della canzone, catturando l'attenzione di tutti gli spettatori.

Mentre Chiara canta, il tempo sembra fermarsi. È un momento straordinario, un'esperienza che riempie il cuore di chiunque abbia il privilegio di ascoltarla, lascia senza fiato. Siamo tutti ipnotizzati dalla sua performance e dimentichiamo per un momento tutte le preoccupazioni della settimana.

È pura magia. È come se in questo momento la musica avesse il potere di unire le nostre anime, di sciogliere le barriere e di creare un legame invisibile tra noi.

«Chiara è incredibile» dice Alex, applaudendo con entusiasmo durante una pausa.

«Sì, ha davvero talento» concorda qualcuno.

Annuisco, felice per la mia amica. «Sta facendo un lavoro fantastico» mi aggiungo ai complimenti.

L'attimo dopo il mio commento, la porta del locale si apre. Che scortese, penso della persona che entra a performance oramai conclusa.

Chiara finisce di cantare e la sala esplode in un fragoroso applauso, accompagnato da fischi e grida di approvazione: il pubblico è entusiasta. La protagonista della scena, con un sorriso radioso e le guance arrossate per l'emozione, fa un cenno di ringraziamento e scende elegantemente dal palco.

Le facciamo spazio al nostro tavolo ed esplodiamo in complimenti e sorrisi. Le chiacchiere riempiono l'aria mentre la lasciamo sedere e ordiniamo da bere per continuare la serata.

Mi sento leggera, il calore dell'alcol e l'energia positiva mi rendono più rilassata del solito.

Mi volto verso il bancone del bar per andare a prendere un altro drink, quando mi accorgo che la figura che avevo visto entrare si è seduta in un angolo poco illuminato. Strizzo gli occhi per vedere meglio e non ho dubbi, è Eric.

Credo di essere vittima di una maledizione. Non è possibile che io lo incontri ovunque vada.

Mi muovo verso il bar, lentamente, per osservarlo

meglio, ma standando ben attenta a non farmi notare. Non è da solo, anzi, è in compagnia di Valentina. Riconosco le gambe e le dita intrecciate fra le sue.

Quando arrivo al bancone, sono sovrappensiero e mi dimentico del drink che volevo ordinare. L'unica cosa che sento in corpo è un micidiale cocktail di amarezza, rabbia e gelosia. Vorrei non essere mai venuta a questo concerto.

«Isa, che fai? Ti sei imbambolata?» mi domanda Alex scuotendomi. «Dai, aiutami a portare al tavolo le bottiglie per brindare a Chiara» mi ordina senza nemmeno darmi il tempo di rispondergli.

Prendo due bottiglie e lo seguo, senza più girarmi verso il tavolo nell'angolo.

«Ecco qui, ragazzi! Stappiamo e facciamo un bel brindisi a Chiara e alla sua fantastica performance!»

Tutti alzano i bicchieri e brindiamo.

Con il viso ancora illuminato dall'emozione, Chiara ci ringrazia. «Grazie mille, ragazzi!» dice, sorridendo e scuotendo la testa per l'incredulità di tanto successo.

«Sei stata fantastica, Chiara! Una vera star!» esclama Stefania, battendo le mani.

«Sì, davvero incredibile» aggiunge Alex, alzando il bicchiere per un altro brindisi.

«A Chiara, la nostra stella nascente!»

Brindiamo tutti insieme per la seconda volta e il tintinnio dei bicchieri, unito al cambio di musica, segna l'inizio di una nuova fase della serata. La musica dal vivo ha ceduto il posto a un dj che inizia a suonare brani più ritmati e il pubblico si alza presto dalle sedie per dirigersi a ballare.

Stefi mi prende per mano e mi trascina sulla pista. «Dai, Isa, è ora di ballare!» grida sopra la musica.

Non sono dell'umore adatto, ma ho deciso che per nulla al mondo voglio rovinarmi la serata. Lascio da parte i pensieri su Eric e decido di godermi i miei amici. Non capitano spesso serate come questa.

«Vengo anch'io» urla Sofia per sovrastare il rumore del locale.

Iniziamo a ballare tutti insieme, perdendoci nel ritmo e nelle luci colorate che illuminano il locale. Alex e Cristian improvvisano mosse divertenti, Chiara è ancora elettrizzata dalla sua performance e balla con un entusiasmo decisamente contagioso. Sembra l'animatrice di un villaggio vacanze! È bello vederla così a suo agio.

Alla fine della serata, le luci si abbassano, la musica rallenta e torniamo tutti a sederci intorno al nostro tavolo, senza fiato ma felici. Prendo il mio telefono e scatto un selfie con il gruppo. Ci siamo tutti: io, Stefi, Sofi, Chiara, Alex, Cris e anche Luca con i suoi amici. Voglio immortalare questo momento unico.

«Selfie di fine serata!» annuncio, mentre tutti si avvicinano per entrare nella foto. Lo scatto è perfetto: sorrisi spontanei, occhi brillanti, e un'energia che traspare dallo schermo. Lo pubblico immediatamente sulle storie del mio profilo Instagram, scrivendo «Serate come questa rendono la vita speciale» e taggando tutti gli altri.

Mentre controllo chi ha già visto la mia storia, gli amici di Luca iniziano a salutare: è, ahimè, ora di tornare a casa.

Mi alzo anche io e mi incammino verso l'uscita. Passo davanti al bancone del bar e do un'ultima occhiata all'angolo buio del locale. Eric è ancora lì, ma sembra si stia alzando anche lui per andare. Si volta verso l'uscita e mi vede. Gli faccio un cenno con la mano, lui mi ignora. Anche Valentina si gira, sembra chiedergli di me. Lui fa spallucce e torna a rivolgersi verso il tavolo per prendere la giacca.

Mi sembra che il mondo mi sia crollato addosso. Mi sento una stupida. Cosa credevo di ottenere? Un saluto dallo splendido Eric Orsini mentre è in compagnia della sua fidanzata? In realtà sì. Dopotutto, è stato lui a raggiungermi al bar poche ore fa. Vorrei avvicinarmi e dirgliene quattro, ma sono qui per Chiara e non voglio creare situazioni spiacevoli. Mi stampo un sorriso in faccia ed esco. Maschero il dolore per la sua indifferenza e cerco di non pensarci e tornare al mood sereno che avevo prima di essere totalmente ignorata da lui.

Mentre torniamo a casa e non facciamo che confermare quanto sia stata fantastica questa serata, il mio telefono vibra. È tardissimo e non ho idea di chi possa essere a cercarmi a quest'ora della notte.

Sblocco il telefono per controllare chi mi ha scritto ed è l'ammiratore segreto, ha commentato la storia pubblicata sul mio profilo.

Mi dispiace molto non essere venuto. Eri bellissima

Sorrido. Non so come, ma questo sconosciuto è riuscito a tirarmi su il morale.

Fanculo Eric, mi merito di essere felice e trattata bene.

Con l'umore di nuovo alto, metto via il telefono e torno a chiacchierare con gli amici. Nonostante tutto, ho molto per cui essere felice.

8

«Si dice che quando una persona guarda le stelle è come se volesse ritrovare la propria dimensione dispersa nell'universo.»

SALVADOR DALÌ

Non so per quanto andrà avanti questa storia. È l'ennesima lezione che mi ritrovo a non seguire perché penso a lui. Tra il prof Battaglia che ancora mi guarda male per il ritardo del primo giorno e io che non prendo mai appunti perché la testa è sempre a Eric, mi convinco ancora una volta che sarà un inferno superare questo esame.

Continuo a pensare a quanto mi abbia stranita vederlo ieri al bar, quando è rimasto turbato dalla chiamata ed è andato via di fretta, e poi al concerto, dove si è tenuto a distanza.

Al bar ha messo via subito il telefono, ma io ho fatto in tempo a vedere che il mittente della telefonata era Valentina. Perché non ha risposto? Forse qualcosa tra loro non va? Forse si è finalmente accorto che lei è bella solo fuori? Lo sanno anche i muri in accademia che Valentina si impegna ad abbellirsi fuori perché dentro non ha niente. Oppure, incredibile ma vero, anche lei ha qualcosa di buono che solo lui è riuscito a vedere.

Elaboro mille supposizioni, ma la verità è che non so nulla. Non conosco né lui né lei e non ha senso trarre conclusioni non avendo in mano nessuna certezza. In fondo non so molto del loro legame. Di sicuro, so che lui non deve essere più tanto convinto della relazione se basta una telefonata da parte di lei per rabbuiarlo.

Come se non bastasse, oggi abbiamo dovuto consegnare i progetti per il concorso e distratta com'ero ho rischiato di rompere la tela mentre venivo a scuola. Ho fatto il solito percorso con Tito per arrivare in accademia, ma ho rischiato di fare un incidente. All'ultimo secondo ho sterzato e la tela che avevo tra le gambe è caduta. Ho imprecato e accostato subito. Per fortuna, non c'è stato alcun tipo di danno, ma sono in ogni caso arrivata a lezione turbata. Le prime ore le ho passate con la testa per aria, ma ora per fortuna sto meglio.

Le lezioni mattutine sono finite e stiamo andando a piedi verso Villa Borghese. Questo pomeriggio, la lezione di storia dell'arte sarà lì. Il prof Battaglia, che è sempre più sorprendente, deve introdurci la figura di Gian Lorenzo Bernini e ha deciso di farlo proprio davanti alle sue sculture, invece che nella solita aula dai muri scrostati. Ammetto che questo è uno dei motivi per i quali questa accademia mi piace così tanto, anche se ultimamente sono più distratta del solito e può non sembrare che sia così.

«Architetto, urbanista, scenografo, pittore, costumista, commediografo… Bernini è stato un artista incredibile e poliedrico» esordisce il prof. «Oggi ci occuperemo di lui come scultore» continua mentre entriamo nella sala che custodisce le sue opere più famose. In questo museo sono presenti solo alcune delle sue statue più belle: *Apollo e Dafne*, *Enea, Anchise e Ascanio*, il *David* e poi lui, lo splendido *Ratto di Proserpina*, che rapisce anche me ogni volta che ho l'occasione di ammirarlo.

«Questo è uno dei gruppi scultorei più famosi del Bernini. Come sapete rappresenta il momento esatto in cui la giovane Proserpina è afferrata da Plutone, il dio degli Inferi...»

Il prof si mette a spiegare l'opera nei suoi minimi dettagli e io la guardo affascinata. Mentre lui descrive con registro quasi scientifico la scena, io mi perdo nei meandri del mio pensiero. Fisso la figura di Proserpina, stretta fra le braccia forti di Plutone e penso che vorrei essere stretta esattamente così da Eric. Guardo con attrazione, quasi ipnotizzata, la mano destra di lui che affonda nella coscia di lei, la sinistra che le stringe la vita per avvicinarla con veemenza a sé, le dita che quasi arrivano al seno. La Proserpina di marmo cerca di divincolarsi, ma io da Eric non lo farei. Mi lascerei stringere e non mi importerebbe se lui fosse il dio degli Inferi.

«Isa, ma l'hai visto che gran figo il David?!» Stefi mi riporta alla realtà.

«Oh, hai ragione!» le rispondo con il pilota automatico.

«Se solo potesse chiedermi di uscire!» aggiunge lei volteggiando intorno alla statua.

Non riesco a trattenermi e scoppio a ridere. Scuoto

la testa divertita e la seguo nelle varie sale mentre il prof va avanti a spiegare.

Usciti dalla Galleria, rimaniamo a chiacchierare qualche minuto sotto gli alberi maestosi del giardino, poi ci salutiamo. Il prof si è dilungato nelle spiegazioni e si è fatto tardi. Chiara, Alex e Cristian vanno a prendere una pizza, Stefi corre a recuperare il suo fratellino, io vado verso casa di Sofi. Sapendo che sarei stata vicino, le ho promesso che sarei passata per cena.

Mi allontano dagli amici e mi dirigo verso il suo elegante palazzo neoclassico. Faccio per suonare il citofono, ma il custode che oramai mi conosce mi precede e apre il portone prima che io possa alzare il dito.

«Buonasera, Isabella» mi dice cordiale come sempre.

«Ciao, Dino» lo saluto con un sorriso.

«Ciao, Isabellissimaaa!» mi urla Sofi dalla tromba delle scale.

Ce l'ha fatta anche questa volta a sorprendermi con i suoi saluti esuberanti.

Salgo velocemente le scale e raggiungo il suo appartamento. Entro abbracciandola e mi catapulto in cucina, dove la cena è già pronta.

«Ho preparato l'amatriciana come piace a te... Devo fare concorrenza a mamma Patty!» mi dice sorridendo tutta soddisfatta.

Mi siedo con l'acquolina in bocca, anche se è molto presto rispetto ai miei orari della cena.

«Allora? Ti ha scritto ancora l'anonimo di Instagram?» mi chiede, ricordandosi di quanto era successo l'ultima volta che avevamo passato del tempo insieme da sole.

«Sì, ma nulla di che» confesso. «Mi ha detto che per il momento non se la sente di farsi vedere.»

«Timido il ragazzo, eh?»

«Già, così pare.»

«Sei curiosa di sapere chi è?»

«Sì, ma ho il timore che non accadrà mai.»

«Perché?»

«Gli ho detto che sono tutti i giorni in accademia ma non si è ancora fatto vivo.»

«Dai, un po' di pazienza. Magari è un figo spaziale e si presenterà con un bel regalo fuori dalle lezioni quando meno te lo aspetti.»

«Sarà, ma intanto non so nemmeno come si chiama...» concludo rassegnata.

Ci godiamo la sua super amatriciana, dopodiché ci spostiamo in salotto per stare un po' tranquille. Sprofondo in una nuvola di colori tra i cuscini morbidi del suo divano e ci godiamo la casa tutta per noi. Mentre Sofi scorre senza sosta il catalogo di Netflix e Amazon Prime in cerca di qualcosa da guardare insieme, io aspetto guardando le storie di Instagram.

Decido di cercare il profilo di Eric perché non riesco a togliermelo dalla mente. Spero che non lo noti, ma clicco sull'immagine del suo profilo cerchiato arcobaleno per controllare cosa ha postato di recente.

Il mio cuore fa un piccolo balzo.

È una foto della fontana di Trevi, postata solo mezz'ora fa. Si vede l'acqua cristallina scintillare sotto le luci della sera, con la statua di Oceano che la sorveglia e custodisce.

Decido di correre a vedere se è ancora lì. Non mi importa se penserà che lo seguo.

«Scusa, Sofi, devo proprio andare. Si è fatto tardi» dico cercando di non far trasparire la mia agitazione. Lei mi guarda, strizza un po' gli occhi con fare sospettoso, ma per fortuna non fa domande. Esco rapida da casa sua per saltare in sella al mio motorino, quando ricordo di averlo lasciato fuori dall'accademia.

Merda.

Devo andare a piedi.

Cammino veloce, quanto basta per arrivare in fretta ma senza sudare. È una situazione paradossale: il centro città è silenzioso e pacato, come mai accade durante il giorno, mentre io, agitata, sfreccio fra le vie come una trottola impazzita. È un peccato non poter godere di questa tranquillità notturna. Dovrò tornarci un'altra sera, magari con l'ammiratore segreto.

Arrivo in piazza dopo pochi minuti. Non faccio sport, ma a quanto pare sono ben allenata.

L'acqua scorre tra le rocce della fontana e qualche coppia di turisti osserva lo spettacolo che solo la notte può regalare. Riprendo fiato e quando sento il cuore battere forte non capisco se è per la corsa, l'emozione della fontana illuminata o l'ansia di essere arrivata troppo tardi.

Cerco il volto di Eric fra quello dei turisti e ci metto un secondo a individuarlo. È lì, in piedi, a pochi passi dall'acqua, con le mani in tasca. Sembra immerso nei suoi pensieri, l'espressione seria e concentrata. Mi avvicino a lui piano, cercando di non farmi notare.

«Ciao» lo saluto con un filo di voce.

Lui si gira, sorpreso. «E tu cosa ci fai qui?» mi domanda confuso.

«Adoro la fontana di Trevi la notte» dico, sperando mi creda.

Siamo di fronte alla statua di Oceano, in una notte di primavera, a un passo l'uno dall'altra. Le luci dei lampioni si riflettono nell'acqua placida. Se fossero spenti, probabilmente si vedrebbero le stelle.

Eric mi fa cenno di sederci sui gradini alle nostre spalle.

«Tu invece che ci fai qui di notte? Aspettavi me?» flirto con un mezzo sorriso.

Eric ride e scuote la testa.

«Guarda che posso denunciarti per stalking se è così» lo stuzzico ancora, mentre in realtà penso che mi piacerebbe molto se mi cercasse davvero. Per pochi secondi mi tornano in mente Persefone e Plutone avvinghiati, ma cerco di ricompormi.

«In realtà ero qui da molto prima che arrivassi tu» risponde.

Per stemperare la tensione – la mia, se non altro – ci provo con quello che mi riesce meglio.

«Conosci la sua leggenda?»

«Quale leggenda?»

Mi schiarisco la voce e provo anche io a incantarlo. «Un tempo le ragazze raccoglievano l'acqua da quella fontanella con un bicchiere mai usato prima» comincio, indicando una fonte alla nostra destra. «Poi la lasciavano bere ai propri fidanzati, prima che partissero per una guerra o per un lungo viaggio. A quel punto il bicchiere doveva essere rotto in segno di augurio e come simbolo di fedeltà.»

Eric mi guarda sorridendo.

«È una bella storia. Partire per un lungo viaggio giurandosi fedeltà...» dice sospirando, fissando l'acqua che scorre. Poi rimane in silenzio e io mi sento bene, lì accanto a lui. È come se fossi a casa, in un porto sicuro.

Stefi mi direbbe già di non farci l'abitudine, anzi, di alzare i tacchi e riprendere la strada verso casa senza farmi troppe illusioni. Io però non sono lei, e vado avanti.

«Ti proporrei un drink a questo punto, ma temo che sia tutto chiuso a quest'ora.»

«Un drink in un bicchiere da rompere poi in segno di fedeltà?» mi chiede sorridendo con occhi sfidanti.

Io arrossisco. «Se anche fosse, è tutto chiuso» ribadisco imbarazzata.

«Vuoi venire da me?» mi chiede, come se fosse normale.

Il mio cuore salta un battito. Dice sul serio o mi sta prendendo in giro come al solito?

«Non mi sembra il caso, Eric» rispondo fissando per terra, sperando non si accorga del colore delle mie guance.

«Ti ricordi il mio nome» nota sorpreso.

Sorrido di nuovo. Come potrei dimenticarlo? Sono giorni che non faccio altro che pensare a lui, nonostante la distrazione dell'ammiratore di Instagram.

«Non dirmi che sei di nuovo in imbarazzo adesso» mi dice pizzicandomi il fianco con fare scherzoso.

Mi ha sgamata. Rido per la terza volta, questa volta senza paura di dovermi contenere. Mi sento più leggera ora che ho sentito il tocco della sua mano su di me.

«Sì, sono molto in imbarazzo, ma mi contengo perché non voglio farti credere di avere un potere su di me» dico con tono mezzo serio.

«Ma io ho *già* un potere su di te» risponde sicuro, sollevando un angolo della bocca.

Non può avere più ragione di così.

In quel momento, arriva un piccolo gruppo di turisti e il nostro dialogo si interrompe. Nell'aria adesso c'è solo il vociare delle altre persone attorno alla fontana e il rumore dell'acqua che scroscia scorrendo fra i vari livelli del marmo. Eric fissa Oceano, io non riesco a distogliere lo sguardo da lui.

Mi sembra ancora più bello il suo viso, illuminato dalle luci fredde della piazza. Si gira anche lui verso di me e mi sorride.

Ci fissiamo seri e per un momento sembra che tutto il resto scompaia. Il suo sguardo è così intenso che mi sento quasi ipnotizzata. Le nostre mani si sfiorano, e sento il calore della sua pelle contro la mia. Il suo respiro si fa più vicino e ho l'impressione che lui si stia avvicinando.

Poi, si sente una vibrazione provenire dalla tasca dei suoi pantaloni.

Oh, no, non di nuovo.

Non posso vedere chi è il mittente ma, dal suo sguardo, che si fa cupo all'improvviso, capisco subito.

«Devo andare» mi dice freddo.

Io non rispondo. Faccio per avvicinarmi e carezzargli il braccio, ma in lontananza vedo due inconfondibili gambe lunghe arrivare verso la piazza e mi blocco.

È Valentina, ovviamente.

Eric mi saluta con uno sterile cenno e va verso di lei, lasciandomi ancora una volta da sola, in compagnia della mia confusione e frustrazione.

Ora, più che Proserpina, mi sento il cane a tre teste accanto a lei nella statua del Bernini, pronto a sbranare chiunque gli passi sotto tiro.

Vado verso casa, trattenendo le lacrime tra un passo e l'altro. Vorrei solo chiudermi in camera e urlare. Ho bisogno di sfogarmi, di buttare fuori la rabbia e lasciare uscire tutte le emozioni, esattamente come quando dipingo. Ripenso in continuazione a ciò che è appena avvenuto, finché non arrivo a casa e mi butto sul letto affranta. C'è mamma, perciò non posso né gridare né mettermi a dipingere, altrimenti la sveglierei. Rimango immobile, a pancia in giù, la testa conficcata nel cuscino. Voglio solo addormentarmi e non pensare più a nulla.

9

«Il colore è un potere che influenza direttamente l'anima.»

WASSILY KANDINSKY

È mezzanotte inoltrata. So che dovrei dormire per non arrivare come uno zombie alla lezione di domani, ma non riesco. Continuo a svegliarmi e a rigirarmi nel letto. Non sono in grado di dormire per più di venti minuti consecutivi. Ripenso all'impulso di toccare il braccio di Eric, alla sua proposta di bere insieme come facevano le fanciulle della leggenda, alla sua silhouette inconfondibile illuminata dalle luci della mia piazza preferita... Sogno di baciarlo, poi mi risveglio ogni volta che la mia mente si ricorda delle gambe lunghe e perfette di Valentina in lontananza, simbolo che rompe ogni mio sogno e ora anche la realtà.

Gli occhi stanno finalmente per chiudersi di nuovo e concedermi una tregua quando il telefono vibra sul comodino accanto al letto. È il trillo inconfondibile di una notifica di Instagram.

Aspetto a prendere in mano il cellulare: voglio sognare per un secondo che sia Eric che si scusa per essersene andato via così e mi chiede di rivederci. Mi cullo in questa illusione per qualche minuto, poi mi tiro su e apro l'app.

Come immaginavo, non è Eric. È di nuovo l'ammiratore segreto che si rifà finalmente vivo. Questa volta non mi scrive né per fare dolci considerazioni sui miei quadri né per scusarsi del suo latitare. Il suo messaggio è criptico, contiene uno strano indovinello:

IL MISTERO STA PER ESSERE SVELATO.
IL TUO OCCHIO ATTENTO VA ACCOSTATO
A UN PICCOLO BUCO BEN CELATO
DA CUI PUOI VEDERE UN ALTRO STATO

Sono confusa.

Cosa sta cercando di dirmi? Devo alzarmi nel cuore della notte e seguire l'indizio?

Sono stanca e delusa, non ho nessuna voglia di intraprendere una caccia al tesoro a quest'ora, ma se servirà a farmi distrarre da Eric per un po' di tempo, lo farò. Forse così la vita mi concederà finalmente qualcosa di bello, dopo tutto questo frustrante tira e molla con Eric.

Rileggo il messaggio dell'ammiratore segreto. Sembra suggerirmi di raggiungere un luogo, ma non saprei dire quale. Do mille interpretazioni all'indizio, fino a che improvvisamente tutto diventa chiaro.

Anche se è notte fonda e domani daranno i risultati del concorso, non esito un secondo. Mi metto rapida una felpa, recupero le chiavi del motorino, ed esco senza fare rumore. Lo spingo a mano per qualche metro, per non svegliare mamma con lo scoppio dell'accensione, e vado. Voglio capirci qualcosa di più.

Le stelle punteggiano il cielo ma si vedono poco. Le strade sono illuminate e la luce dei lampioni impedisce la vista delle costellazioni, ma non è un problema, non sono qui per distrarmi con le stelle.

Il buio della notte avvolge Roma in un abbraccio silenzioso mentre arrivo con il motorino all'Aventino. Non c'è nessuno in giro, solo l'eco lontana di qualche auto che rompe la tranquillità del momento.

Sono arrivata e sono certa di essere nel posto giusto. Non ho dubbi: l'indovinello faceva riferimento al buco della serratura del portone dei cavalieri di Malta, uno dei punti panoramici più famosi di Roma. Da qui, guardando attraverso il buco, si vede in tutto il suo splendore la cupola della basilica di San Pietro.

Mi chino verso la serratura e accosto l'occhio. Eccolo lì, «Er cupolone», perfettamente incorniciato, che mi fissa con aria di cospirazione. Ammiro con occhi sognanti il panorama, poi mi guardo intorno, cercando nel buio qualsiasi segno di un secondo indizio. Tasto ovunque aiutandomi con la torcia del telefono, poi lo vedo. Un palloncino rosso si muove leggermente al vento. È trattenuto a terra da un filo, attorno al quale è legato anche un cartoncino. Lo sfilo, spengo la torcia e sotto la luce fioca di un lampione lo apro. Sul cartoncino c'è la foto di uno dei miei dipinti. Sul retro, un messaggio:

SE IL PROSSIMO INDIZIO VUOI TROVARE
UN SIMBOLO NASCOSTO DEVI SCOVARE

GUARDATI ATTORNO E MIRA IN ALTO:
L'APE BARBERINA NON È IN RISALTO

Questa volta la so al primo colpo.

Riaccendo il motore e mi metto di nuovo in viaggio per le strade della città.

Come suggerisce l'indovinello, l'ape è il simbolo dei Barberini, la nobile famiglia toscana che nel diciassettesimo secolo ha cambiato il volto di Roma. La città da allora è piena di piccole api poste su fontane e monumenti, ma c'è un solo posto dove questo piccolo insetto è nascosto in alto, scolpito nella pietra: il Pantheon.

Arrivo al vecchio tempio trafelata ed eccitata. Il mio sguardo è rapito dalla bellezza del monumento illuminato dal basso nel cuore della notte. Passo di qui da quasi vent'anni e ancora non mi sono abituata a tanta meraviglia. Parcheggio il motorino e inizio a perlustrare la zona.

Senza esitare mi avvicino al pronao, l'ingresso del tempio, e inizio a esaminare attentamente le colonne. So che su uno dei capitelli è nascosta l'ape. I dettagli arzigogolati sembrano prendere vita nella penombra, mentre cerco con occhi attenti e mani tremanti.

Non c'è nessuno oltre a me. Mentre cammino tra le colonne si sente solo il mio respiro.

Non trovo niente e faccio un giro intorno al tempio. Poi, passo di nuovo tra le colonne dell'ingresso e finalmente trovo un altro palloncino rosso uguale al primo, cui è annodato un nuovo biglietto, con una foto di un'altra mia opera e sul retro il terzo indizio:

RIO DE LA PLATA, DANUBIO, GANGE, NILO
SONO I FIUMI DI ROMA UNITI DA UN FILO:
UNA COLONNA MAESTOSA DEL MAESTRO BERNINI,
CON CAVALLI, ARMADILLI, LEONI E DELFINI

Leggo l'indovinello e ringrazio dentro di me il prof Battaglia. Ha spiegato giusto ieri l'opera a cui fa riferimento il mio artista tormentato. Anche questa volta so dove dirigermi. O lo sconosciuto pensa che io non sappia nulla di Roma o vuole che io trovi qualcosa a tutti i costi e il più velocemente possibile.

Mi dirigo verso piazza Navona, che ospita la fontana dei Quattro Fiumi elencati nel biglietto legato al palloncino. Ovviamente i corsi d'acqua non scorrono davvero per Roma, ma agli angoli del gruppo scultoreo che funge da centro della fontana sono presenti quattro figure di marmo che li rappresentano, circondati da realistici animali che animano la scena.

Mentre guido verso la piazza, la vista mi si offusca. Sulla visiera del casco si infrangono piccole gocce di pioggia che colano verso il basso, rendendomi difficile guidare. Devo accelerare o quando arriverò il prossimo indizio sarò sbiadito e illeggibile. Aumento la velocità e in pochissimo giungo nei pressi di piazza Navona. Parcheggio Tito e mi avvicino a piedi, sperando di trovare finalmente il mio ammiratore segreto, invece dell'ennesimo foglio di carta.

Arrivata alla maestosa fontana dei Quattro Fiumi con amarezza trovo un altro indizio. Questa volta, più lungo degli altri.

AL CENTRO DELLA CHIESA DEVI ANDARE
E LO SGUARDO IN ALTO DEVI PORTARE.
LA CUPOLA È SOLTANTO UN'ILLUSIONE
MA LÌ TROVERAI LA SOLUZIONE

Il cuore mi batte forte mentre la pioggia riprende a cadere. Conoscerò finalmente l'ammiratore alla prossima tappa di questa folle caccia al tesoro?

Penso in fretta alle possibili soluzioni dell'indovinello e metto in moto Tito, per non perdere tempo.

Devo raggiungere una chiesa, famosa per via dell'illusione ottica della cupola. Potrebbe essere la chiesa di Sant'Ignazio, che si trova a metà strada tra la fontana di Trevi e il Pantheon, esattamente dove sono passata poco fa. Che fastidio, devo tornare in quella direzione. Parto e mentre sfreccio tra le vie della città mi domando se la chiesa sarà aperta a quest'ora della notte.

Ha smesso nuovamente di piovere, ma io inizio lo stesso a sentirmi un po' stupida. Sto guidando avanti e indietro per Roma alla ricerca di indizi lasciati da uno che nemmeno conosco... Se fosse tutto uno scherzo? Iniziano a venirmi seri dubbi quando mi ritrovo ad andare per le stesse vie che ho attraversato poco più di mezz'ora fa. Oltretutto, mi auguro che mia madre non si accorga della mia assenza. Credo potrebbe sul serio strozzarmi con le sue stesse mani se trovasse il letto vuoto e scoprisse cosa sto facendo.

Tampono con la manica della felpa i capelli un po' bagnati e vado verso la chiesa suggerita dal biglietto.

Accetto di proseguire la caccia solo perché Sant'Ignazio è la mia preferita. Spero sia la risposta giusta e giuro che è l'ultimo posto in cui andrò per stanotte. Sono quasi le due oramai.

Appena arrivo e posteggio il motorino, si ripete la stessa scena del Pantheon. Vago avanti e indietro ma non trovo né una persona che mi possa spiegare cosa sta succedendo né un ultimo indizio che possa condurmi alla fine di questa ricerca. Mentre ispeziono la facciata e inizio a sentirmi stufa e stanca, ricomincia per l'ennesima volta a piovere, questa volta in modo più fitto e deciso. La chiesa è chiusa e non posso ripararmi: devo tornare a casa per evitare il diluvio e aspettare domattina per cercare all'interno.

Ritorno in sella al motorino, sotto l'acqua che scroscia senza sosta, e scoppio a ridere per l'assurdità della situazione. Sono le due di notte e sono in giro da sola per Roma, sotto la pioggia, a cercare di risolvere una caccia al tesoro organizzata da non so nemmeno chi. Mi sembra di essere in un film. Vorrei sentirmi delusa per non averla risolta oppure arrabbiata perché forse è tutta una presa in giro e io ci sono cascata, ma la verità è che questo gioco mi intriga e non vedo l'ora di continuarlo domattina.

Rientro in casa fradicia. Faccio attenzione a non svegliare mamma mentre cerco di pulire in silenzio le chiazze di acqua che lascio sul pavimento, e mi metto a letto. Che sensazione meravigliosa mettermi il pigiama asciutto. Mi stringo nelle coperte e chiudo gli occhi.

Cosa nasconderà il biglietto della chiesa? Mi porterà a frugare tra i mattoni di un altro monumento della Città eterna o chiarirà ogni mio dubbio?

Mi addormento presa dai brividi, non so se per via dell'eccitazione e del mistero o per il freddo di questa avventura sotto la pioggia.

Non vedo l'ora che sia domani.

10
Eric

Quel giorno al Giardino degli Aranci non ho urtato per sbaglio quelle tempere. Io Isabella l'avevo notata da lontano.

Non ero mai rimasto così colpito da dei capelli rossi. I suoi avevano le stesse sfumature delle arance che davano il nome al parco. Non la conoscevo ancora ma ero certo che dicessero qualcosa del suo carattere e col tempo ho capito che avevo avuto l'intuizione corretta.

Isabella è come un'arancia, ruvida all'esterno ma estremamente dolce dentro. A volte un po' asprigna, ma questo significa che è imprevedibile e che per assaporarla bisogna andare oltre la sua buccia, fino in fondo.

È una ragazza tosta, anche se cerca di non darlo a vedere. Da fuori è difficile capire quanto nasconde dentro. Forse suona presuntuoso, ma io quella domenica al parco ero riuscito a scorgerla oltre la sua scorza.

I suoi disegni erano bellissimi e ho fatto molta attenzione a non rovinarli, mentre urtavo i colori. Non appe-

na i nostri occhi si sono incrociati, ho capito di aver fatto la cosa giusta. Magari non la più elegante, ma ho fatto bene a non lasciar perdere e tornare a casa. I ritratti già eseguiti accanto alla tela erano netti e preziosi come le colature d'oro nei vasi rotti giapponesi. Ha un talento raro. Sa cogliere la personalità degli altri da un solo gesto. Basta un cenno, una testa appena voltata, la piega delle labbra e lei subito sa riprodurre sulla tela l'emozione di quei movimenti. Non si limita a dipingere: Isabella immortala anime.

Quella mattina, ho visto in lei tutto ciò che io non posso essere: emozione, serenità, libertà. Io sono costretto in piani prestabiliti dai miei, nei quali il grado di indipendenza è limitato. Ogni cosa della mia vita, scuola, relazioni, viaggi è sempre vagliata dal loro giudizio implacabile. Mi sono sempre sentito come quei ladri che cercano di arrivare al tesoro della banca facendo lo slalom tra i raggi laser. Posso muovermi, sì, ma di qualche centimetro fra le linee, sempre con cautela perché il minimo errore farebbe saltare in aria tutto. Non mi è permesso scegliere cosa fare della mia vita. Sono costretto a essere un bravo figlio, un bravo fidanzato, un bravo studente. E soprattutto un futuro avvocato della capitale. In mezzo a tutte queste costrizioni, solo correre e andare a cavallo mi fanno sentire bene. E, improvvisamente, anche la vista di quella ragazza.

Sulla panchina al Giardino degli Aranci ho visto negli occhi di Isabella, azzurri come il cielo che faceva da sfondo a quel parco, la possibilità e la promessa di una vita diversa, cristallina.

E non volevo per nulla al mondo lasciarmela scappare.

A questo pensavo una settimana dopo il nostro primo incontro, mentre aspettavo che fosse pronta la cena. Non avevo molta voglia di raggiungere il salotto e aggregarmi al resto della famiglia.

Quella sera però mia madre aveva giocato la sua carta migliore e non avevo potuto dire no. Quando litighiamo e sa che voglio evitare la cena, manda sempre Iris a chiamarmi, la mia sorellina più piccola alla quale non riesco a dare risposte negative, soprattutto quando mi guarda coi suoi occhioni neri lucidi a un metro e venti da terra.

Odio le cene in casa mia. Ogni sera si parla solo ed esclusivamente dei successi di Victoria, la Primogenita con la P maiuscola, che eccelle in tutto e per tutto e realizza ogni aspettativa.

Io, invece, sono con loro in perenne lotta.

Quella sera in particolare il dialogo con mia madre era stato più aspro del solito.

«Com'è andata all'università oggi, Eric?» mi aveva chiesto con fare falsamente innocente.

«Ah, vi interesso anche io?» avevo risposto, aggiungendo subito dopo: «Wow, pensavo esistessero solo Vicky e Iris, in casa Orsini».

«Smettila, ti prego, non anche stasera» aveva provato a intervenire papà.

«No, certo, bisogna salvare tutte le apparenze, anche in casa» avevo aggiunto.

«Ho fatto preparare il petto d'anatra al balsamico»

aveva detto mamma con serietà, facendo finta di non aver sentito i miei commenti precedenti.

«Va bene, cambiamo argomento, glassiamo ogni asprezza con litri di salsa dolce per non affrontare i problemi. Lasciamoli tutti sotto il tappeto persiano da migliaia di euro» avevo chiosato.

So di sembrare scontroso, ma non è facile sopravvivere in quella casa.

Oltretutto, negli ultimi tempi mia madre si è accorta che di Valentina sono stufo e che voglio lasciarla, per iniziare a fare da solo le mie scelte. In realtà io non avevo neanche mai voluto stare con lei. Erano stati loro, ovviamente, gli illustrissimi Amélie e Tancredi Orsini, a farmi «capire» che lei sarebbe stata la persona migliore per me e per la nostra famiglia. Io però sto iniziando a pensare a cosa sia meglio per me, invece. Mi dispiace per Valentina, in fondo le voglio bene, ma per me non è abbastanza.

Voglio smetterla di occuparmi degli «affari» della famiglia e prendere finalmente in mano la mia vita.

Questo volevo spiegare a Isabella quel giorno al caffè e quella sera alla fontana di Trevi, ma puntualmente Valentina si è messa in mezzo, sempre più in ansia per i miei comportamenti evasivi, sempre più in cerca di spiegazioni. Anche lei pretende da me risposte e io non riesco a tirarmene fuori. Alcuni giorni il panico oramai mi toglie il fiato, come se la sensazione di oppressione che provo diventi realtà.

Scappo ogni volta perché voglio raggiungere la mia ragazza prima che si accorga di me e Isabella. Forse sol-

tanto per l'anticipazione del senso di colpa, visto che tra noi non c'è ancora stato nulla. O forse perché sono deciso a tenere tutti lontani da ogni cosa che potrebbe nascere tra me e Ginger.

11

«Tutto ha la sua bellezza, ma non tutti lo vedono.»

ANDY WARHOL

«Cos'hai, Isa? Che occhiaie! Non hai dormito?» mi domanda Alex appena arrivo in università per la proclamazione dei vincitori del concorso artistico. È sabato, ma l'accademia è aperta eccezionalmente per questo evento speciale.

Svio la domanda, ma Stefi e Alex capiscono subito che è successo qualcosa. Mi sa che si vede che sono stata in piedi fino a notte fonda. I due mi prendono per il braccio con forza, senza che io possa opporre resistenza, e mi trascinano nella prima aula studio libera, così che io possa sputare il rospo.

«Ok, dicci cosa è successo ieri sera. Hai i capelli asciugati male, gli occhi stanchi e sembra ti sia passato sopra un tir. Che cavolo hai combinato?!» incalza Stefi, mentre Alex alza entrambe le sopracciglia.

Oggi non riesco a resistere a un nuovo interrogatorio, la cosa più facile a questo punto è confessare, almeno a loro. Forse però è meglio così, ho talmente tanto dentro che se trattenessi tutto finirei per esplodere.

Racconto del messaggio su Instagram, degli indovinelli, dei palloncini rossi... E Alex a momenti sviene, ripensando al trauma che lo accompagna da quando il cugino lo portò di nascosto a vedere *It* al cinema a tredici anni!

Riporto ogni cosa nei minimi dettagli, calcando sul romanticismo di quella avventura notturna. Racconto di quanto è stato bello vedere i monumenti di tutti i giorni al chiaro di luna, di quanto mi sono sentita lusingata quando ho visto che sui bigliettini c'erano i miei dipinti, dell'agitazione per il timore che la pioggia improvvisa mandasse all'aria la caccia al tesoro. Mentre parlo, mi impegno a non apparire come una pazza che insegue una chimera, ma evidentemente non ci riesco. I miei amici mi guardano come se avessi fumato qualcosa. Non capiscono se stia raccontando un sogno, oppure se sia successo veramente. A dirla tutta, me lo chiedo anche io. Alex storce un po' il naso, ancora sospettoso nei confronti dell'anonimo, ma io oramai mi fido. Mi ha proprio conquistata. Mi preparo a rispondere a tutte le obiezioni, come un soldato pronto ad andare in guerra e a gestire ogni imprevisto, ma per fortuna, appena i miei amici si accingono a fare domande, si sente il suono di una campanella. È il segno che dobbiamo tutti quanti recarci in aula magna per assistere alla proclamazione dei vincitori del concorso. Sospendiamo il discorso e attraversiamo il cortile per raggiungere il luogo della premiazione.

Il fermento nell'aria è palpabile, come una carica elettrica che attraversa le aule e i corridoi. Ogni sguardo, ogni sorriso è carico di aspettativa. Tutti sembrano chiedersi «Sarò selezionato anche io?», «Chiameranno il mio nome?». La posta in gioco è alta: uno dei tre vincitori avrà la possibilità di soggiornare a New York per tre mesi, in una delle accademie di Belle arti più esclusive degli States, il tutto a spese dell'università. Non è poco!

La rettrice Costanzi si sta preparando per annunciare i nomi e ogni minuto che passa sembra un'eternità. Ogni suo gesto si compie nel più assoluto silenzio. Sale sul palco, apre la busta, legge quanto vi è scritto e inizia il suo discorso. I toni sono pomposi e istituzionali, se devo essere sincera non ascolto tutto. Quando finalmente arriva il momento di proclamare i vincitori, stringo la mano a Stefi e ascolto con impazienza.

Vengono annunciati prima i nomi di tutti partecipanti e l'elenco mi sembra interminabile, poi arriva il turno di chi sarà premiato. Il primo che viene nominato è Edoardo Giglioli, un ragazzo dell'ultimo anno che molti ritengono uno dei migliori dell'accademia, poi è il turno di Giulia Salpegni, una mia compagna di corso.

Caspita, potevo essere io.

Li guardo invidiosa calcare il pavimento mentre raggiungono il palco, quando d'un tratto sento il mio nome.

«Isabella Moretti!» annuncia la rettrice sorridente.

Stefi salta in piedi sulla sedia ed esulta incredula, mentre io ancora cerco di capacitarmi di quanto sta avvenendo. Lo stomaco si stringe così forte che penso che non avrei dovuto esagerare con le ciambelle al cioccolato a colazione.

Mentre Stefi e Alex si congratulano, io cerco lo sguardo della rettrice. Ho bisogno di una conferma, di un cenno di assenso. Mi sembra tutto incredibile.

Lei sorride e con la bocca aperta raggiungo anche io il palco. Certo, non è ancora detto che sarò io la prescelta fra i tre per il soggiorno a New York, ma essere nella triade è già un ottimo traguardo.

Mentre ricevo i complimenti dei professori in vesti di giudici, i suoni mi arrivano attutiti e inizio a diventare tutta rossa. Eccomi qui, il nuovo zimbello dei miei amici. Li vedo che si divertono a farmi foto che so useranno in futuro per prendermi in giro. Sono sempre più paonazza. Fa così caldo che mi sembra di essere ai Tropici. Non ci sono mai stata ma me li immagino esattamente così!

Prendo la pergamena e stringo la mano alla rettrice, sperando che nessuno si accorga degli aloni di sudore che si stanno velocemente formando sulla mia camicia.

Scendo in fretta dal palco e raggiungo i miei amici, che mi acclamano come avevano fatto con Chiara dopo la sua esibizione. Mi sento una star, è una sensazione che non avevo mai provato in vita mia.

Tutti si congratulano e insistono per uscire a bere qualcosa insieme per festeggiare. So che dovrei offrire io ma, nonostante la grande emozione per la vittoria, la mia testa pensa solo a una cosa: raggiungere la chiesa di Sant'Ignazio per portare a termine la caccia al tesoro. Sono più che determinata a scoprire chi sia il mio acuto e intrigante ammiratore segreto.

Alex e Stefi si propongono di accompagnarmi, ma io voglio fare da sola.

Saluto tutti, prometto un futuro aperitivo e volo via, a riprendere la mia avventura là dove si era interrotta.

Tito mi accompagna alla chiesa mentre il sole splende. Per fortuna oggi non piove e non rischio di infradiciarmi tutta nuovamente. Faccio lo slalom tra le macchine in coda e quando arrivo parcheggio come viene. Ho fretta di risolvere il mistero, il codice della strada lo rispetterò un altro giorno.

L'imponente ingresso della chiesa è finalmente aperto. Lo varco e mi ritrovo tra le pareti decorate, l'odore d'incenso nell'aria, l'aroma di cera fusa delle candele. La luce del sole filtra dalle finestre, creando un gioco di colori che danzano sullo specchio posto sul pavimento e che riflette la volta. Sembra tutto ancora più grande così.

Mi incammino verso il centro della navata, ogni mio passo riecheggia leggermente. La chiesa è quasi vuota, tranne per qualche turista e un paio di fedeli assorti in preghiera.

Non mi curo di nessuno e frugo ovunque. Tra ogni panca, in ogni nicchia, guardo in ogni anfratto della chiesa. Controllo anche più di una volta, sollevando brochure illustrative, avvisi per i fedeli, volantini sulla storia dell'edificio, eppure non trovo nulla.

Ricontrollo anche all'esterno, alla ricerca di un biglietto o un palloncino rosso. In fondo, ieri sera erano le due di notte e magari non mi sono accorta dell'indizio solo perché ero stanca e poco lucida.

Mentre mi muovo come farebbe Sherlock Holmes sulla scena di un crimine, notando ogni dettaglio che possa essere utile alla mia indagine, tutti i turisti escono: è l'occasione perfetta per guardare anche nei posti che prima erano occupati. Rientro allora per dare un'ultimissima occhiata in solitaria prima di gettare la spugna, convinta che sarà la volta buona. Sposto persino le panche per controllare meglio, ma a questo punto ho, ahimè, la certezza che non ci sia nulla nella chiesa.

Mi devo arrendere.

Mi siedo e penso che avrei dovuto subito lasciare perdere. Inizio a pensare sia tutta una farsa, una burla a opera di qualcuno che magari mi ha pure filmata mentre girovagavo di notte per Roma sotto la pioggia, per prendersi gioco di me.

Che ingenua.

Avrei potuto dormire, invece di farmi venire le occhiaie e perdere tempo pensando a uno sconosciuto che nemmeno ha il coraggio di mostrare il suo volto. Dovevo pensarci prima di diventare lo zimbello di chissà chi.

La rabbia e la frustrazione prendono il sopravvento e mi ritrovo con le guance bagnate a fissare il pavimento. Le lacrime increspano la superficie delle mie iridi, in un miscuglio di acqua, sale, delusione e sdegno. Come ho potuto rincorrere dei pezzi di carta e un ragazzo di cui non conosco neppure il nome? Vorrei non aver mai cominciato tutto questo.

Sto per riprendere in mano le chiavi del motorino e tornare a casa per prendere a pugni il cuscino e mettere finalmente fine a questa pazzia, quando alle mie spalle, all'improvviso, sento una voce che mi chiama.

Mi volto.

«Ciao, Ginger.»

SECONDA PARTE

12
Eric

Ebbene sì, ero io @artistatormentato, il misterioso account sconosciuto che aveva fatto girare Isabella per le strade di Roma in una notte di primavera e che amava la sua arte, in ogni sua forma.

Nonostante il nickname, c'è ben poco in realtà di artistico in me. Studio leggi, norme, indicazioni rigide e ferree, conosco poco delle materie che permettono di esprimersi in libertà.

Avevo scelto quel nome perché volevo qualcosa che potesse attirare Isabella e fosse legato alla sua passione.

È vero, più che un artista ero stato un vigliacco e forse un poco anche manipolatore, ma non c'era nulla di malefico nelle mie intenzioni. Io volevo farla innamorare di me e, dato che la situazione era per molti aspetti complicata, l'unico modo era provarci di nascosto.

Avrei potuto fare diversamente? Probabilmente sì, ma a giudicare da come è andato il resto di quella giornata, direi che ho fatto bene.

Io non avevo idea di come fosse andata la sua caccia

agli indizi notturna. Anzi, non sapevo nemmeno se Isabella avesse accettato la sfida.

Quando le avevo inviato il primo messaggio, io ero a casa e non potevo immaginare come avrebbe reagito di fronte a quell'indovinello. Certo, io speravo si sarebbe messa subito a cercare l'indizio successivo, ma non mi era possibile avere conferme.

Avrei potuto seguirla, è vero, ma a quel punto sarebbe stato davvero da stalker. Non mi rimaneva che aspettare.

Quando, il giorno dopo, sono entrato nella chiesa di Sant'Ignazio, è stato solo per controllare se l'ultimo indizio era ancora lì.

Avevo dovuto saltare le lezioni di diritto privato, ma non mi importava molto rimanere in pari con il programma dell'università. Anzi, mi sarebbe piaciuto per una volta disattendere le aspettative, magari anche tornare a casa dopo una bocciatura a un esame. Quanto amo quando mia madre dà di matto perché faccio qualcosa che non approva.

Non mi ero accorto del motorino di Isabella parcheggiato fuori dalla chiesa, né l'avevo vista entrare. Avevo notato solo un gruppo nutrito di turisti uscire lateralmente. Avevo pensato che l'orario di chiusura fosse prossimo, quindi mi ero affrettato a raggiungere l'ingresso.

Appena dentro, il mio sguardo si è inevitabilmente posato su di lei. La sua inconfondibile chioma rossa rompeva l'ordine dei colori pastello dei dipinti. Un piccolo tornado di fuoco che si stagliava nella chiesa. Gli affreschi tutt'intorno sembravano mediocri al confronto.

Lei stava seduta immobile, la testa reclinata leggermente in avanti e gli occhi fissi sul pavimento. Non avevo idea di cosa stesse pensando.

L'indizio era ancora al suo posto, dietro la cassetta delle offerte dei fedeli. Nessuno l'aveva rimosso. L'ho preso e mi sono avvicinato.

«Ciao, Ginger. Tieni l'ultimo indizio» le ho detto.

Non ho atteso una sua risposta tra le mie due frasi, ero certo che avesse capito che si trattava di me. Odiava quel nomignolo e io amavo stuzzicarla.

Non ha risposto. Si è limitata a voltarsi e in quella frazione di secondo, l'attimo prima che le si asciugasse il viso, ho notato che le guance erano rigate da lacrime. Non era di certo l'effetto che avevo sperato di ottenere.

«Ehi, che succede?» le ho detto avvicinandomi, colto di sorpresa.

Un'altra domanda rimasta senza risposta.

Mi sono seduto sulla panca accanto a lei in attesa che dicesse qualcosa, ma il tempo passava e Isa non rispondeva.

Nel silenzio fra quelle pareti affrescate, ho pensato che anche la chiesa era senza parole per la sua bellezza.

Mi sono messo a fissare il soffitto, per darle tempo senza che si sentisse osservata o sotto pressione. La volta era piena di angeli e figure celesti dipinte in uno splendido gioco di prospettiva che faceva percepire il soffitto come tridimensionale e senza fine. Sapevo che lei avrebbe saputo dirmi tutto di quell'affresco, di chi lo aveva dipinto, quando e come, ma non era il momento di chiederlo. E, più che lo spazio, a sembrarmi infinito era il tempo che scorreva senza che lei dicesse una parola.

«Cosa pensavi di ottenere?» mi ha domandato dopo innumerevoli minuti. «Pensavi che organizzandomi questa caccia pseudoromantica sarei caduta ai tuoi piedi?»

«Sì» ho risposto io, capendo solo troppo tardi che era la risposta peggiore che avrei mai potuto dare.

Isa mi ha fulminato con lo sguardo. Non so come non si siano viste saette tra le navate della chiesa. «Fammi capire. Prima ci provi con me mentre continui a stare con la tua ragazza, poi mi ignori, mentre mi fai illudere ci possa essere un ragazzo che apprezza la mia arte e che è disposto a girare tutta Roma per organizzarmi una caccia al tesoro, cosa che mi aveva fatto sperare ci fosse finalmente qualcuno disposto a trattarmi bene, e infine ti presenti facendomi capire che sei sempre stato tu a riempirmi e confondermi le giornate? Sempre tu a illudermi e farmi stare male allo stesso tempo, a farmi venire il mal di testa pur di capire chi fosse il misterioso anonimo?»

«Volevo fare qualcosa di bello per te» le ho risposto.

«Chiedermi di uscire dopo aver lasciato la tua ragazza non ti è mai parsa una buona opzione?»

Questa volta ho lasciato io la sua domanda senza risposta.

Come potevo spiegarle che non era facile come pensava? Come potevo dirle delle difficoltà del vivere con le aspettative pressanti dei miei genitori? O con la paura che mia sorella Victoria distruggesse la mia vita privata, come ha sempre fatto, non appena si fosse accorta che se esco dai piani prestabiliti metto a rischio anche la sua? O ancora del timore per le ripercussioni che ci sarebbero state se avessi lasciato Valentina? Come potevo dirle tutto questo senza farla scappare?

Ha ripreso a piangere, con il volto girato verso il lato della chiesa per nascondersi. «Ho bisogno di stare da sola» ha detto.

Non ci ho messo molto a capire che non c'era molta possibilità che mi ascoltasse.

Era confusa, ferita e arrabbiata e io dovevo concederle il tempo di sbollire e far sedimentare le cose che aveva appena scoperto, nella speranza che capisse che non c'era differenza tra l'Eric che apprezzava anonimamente la sua arte e le tesseva ricerche notturne e l'Eric che cercava di parlare con lei ogni volta che la incontrava, pur mostrandosi burbero o urticante.

Non ero mai stato così attento con la mia ragazza e questa volta volevo fare diversamente.

Ho allungato la mano e l'ho posata delicatamente sul suo ginocchio. «Va bene, Ginger» le ho detto alla fine.

Lei è rimasta immobile, la faccia ancora voltata verso la parete, a evitare il mio sguardo.

Sono uscito dalla chiesa, non potevo fare altro. Mi sono diretto verso casa, ma arrivato sotto il portone ho fatto dietrofront. Non potevo lasciare le cose così. Ho deciso di fare l'unica cosa che rimaneva: andare da Valentina.

13

«Tutti discutono la mia arte e affermano di comprenderla, come se fosse necessario comprendere, quando invece basterebbe amare.»

CLAUDE MONET

Perché mi lasciava sempre così?

Mi ero ritrovata sola con le mie lacrime e i miei pensieri per l'ennesima volta. Tutto aveva acquistato un senso e allo stesso tempo tutto mi confondeva ancora più di prima. Il ragazzo che si era dimostrato arrogante e sfuggente era lo stesso che aveva organizzato una caccia al tesoro per me. Mentre ci ripenso, a poche ore di distanza, faccio ancora fatica a capacitarmene.

Nella chiesa di Sant'Ignazio ogni cosa è cambiata per me. Quando ho capito che a lasciare indizi per la capitale era lo stesso ragazzo che mi aveva rapito il cuore al Giardino degli Aranci, sono rimasta senza fiato. Non ho detto una parola per interi minuti perché ero completamente scossa. Non mi sarei mai aspettata che l'anonimo fosse lui. È vero, forse tra le mille opzioni, una piccola parte di me ci aveva sperato, ma ogni volta che vedevo comparire Valentina sulla scena smettevo immediatamente di fantasticare.

In chiesa, dopo la sua confessione, ho taciuto per

minuti. Quando ho preso parola, è stato per accusarlo. Sono sbottata perché volevo che capisse che per me era stato frustrante passare notti a non capire chi fosse ad ammirarmi di nascosto.

Gli ho gettato addosso tutto il risentimento che avevo provato e gli ho detto che avrebbe potuto agire diversamente. Volevo fargli percepire la rabbia, lo sconforto che avevo sentito per essere stata trattata così, quasi come un oggetto, una cosa da illudere.

In realtà, dentro di me, a prevalere erano ben altre emozioni.

Del nostro breve dialogo in chiesa, una sola cosa mi è rimasta in mente: la sua mano sul mio ginocchio. Un tocco che ha lenito ogni emozione fino a quel momento aggrovigliata, un gesto dolce che ha sciolto tutti i nodi del mio cuore. Non lo posso negare: io ne voglio ancora, di sue carezze e di sue premure. Desidero sentire nuovamente il suo tocco, la sua voce profonda, che sembra arrivare dagli anfratti più misteriosi della terra quando parla con serietà; il suo sguardo su di me, che mi fa sentire ogni volta come un piccolo bruco che ha bisogno di un po' di coccole per prendere coraggio e divenire una farfalla. Ecco come mi fa sentire Eric senza che ci sia una spiegazione logica: come una creatura che con lui può diventare la sua versione migliore.

A un certo punto, dopo essersi seduto accanto a me, si è messo a fissare il soffitto. Quello è stato l'unico attimo in cui ho alzato anche io lo sguardo, non per ammirare i capolavori barocchi, ma per osservare lui. Ancora una volta, anche se solo per una frazione di secondo, sono rimasta folgorata dal suo fascino. La sua non è una bellezza standard, il classico ragazzo con capelli biondi e occhi azzurri. I suoi capelli e i suoi occhi provengono dalle stesse profondità da cui arriva la sua voce. Sono del colore del whisky, così caldi e avvolgenti. La mandibola e gli zigomi pronunciati sembrano eleganti catene montuose sulla pianura del suo volto sempre perfetto, senza un filo di barba, al contrario delle sopracciglia, che sono folte.

Era a meno di un passo da me su quella panca della chiesa. E io ero a meno di un passo dal poterlo baciare.

«Ho bisogno di stare da sola» gli ho detto, mentendo. In verità, volevo solo che mi abbracciasse e mi stringesse a sé.

Mi ha preso in parola e se n'è andato, lasciandomi in compagnia della sua ambiguità che oramai iniziavo a riconoscere come un'amica sempre presente.

Ho ripreso il motorino e sono tornata verso casa. Mi è sembrato di aver perso totalmente il senso dell'orientamento. Passavo per le solite vie in modo automatico, ma la sensazione era di non conoscerle. Roma non mi sembrava la stessa. Mi pareva mi confondesse nello stesso modo in cui lo faceva Eric. Era come essere in uno di quei dipinti di Escher, in cui continui a ripetere il percorso ma ti sembra sempre di tornare nello stesso punto. Che effetto che mi fa stare con quel ragazzo.

Quando sono tornata a casa, ho lanciato distrattamente le scarpe sul pavimento, poi mi sono diretta verso la mia stanza. Passando davanti allo specchio ho visto il mio riflesso: occhi spalancati, capelli scompigliati, l'aria persa.

Mi sono subito messa a dipingere. Sentivo la necessità di fare uscire tutte le emozioni contrastanti che provavo e di convogliarle su una tela per liberarmene. Volevo vederle prendere forma, sistemarle con tecniche diverse per fare ordine e, nel mentre, pensare.

Quante cose mi ha fatto vivere quel ragazzo in così poco tempo? Il nostro primo incontro al Giardino degli Aranci, la nostra chiacchierata al caffè, l'incontro inaspettato alla fontana di Trevi, la caccia al tesoro notturna... Quanto tempo è passato? Mi sembra di aver già vissuto una vita intera con lui.

Mentre ripenso a tutto ciò, la mia mano si muove in automatico sulla tela, non c'è bisogno che la indirizzi. Quando dipingo, ogni parte del mio corpo sa perfettamente cosa fare. Ogni muscolo si muove in armonia e la testa vaga dove più ritiene opportuno. Una linea s'incurva verso l'angolo, una si ripiega su se stessa, un'altra ancora si attorciglia più volte a disegnare un ovale. Mi sorprendo a tracciare infinite linee corte e spezzate, un po' mosse, altre quasi perfettamente dritte. Senza accorgermene, sulla tela compare il volto di Eric. L'ho disegnato inconsciamente. Di nuovo. Questa volta però non ci sono dubbi sia lui, non è più solo una silhouette qualsiasi.

Sento bussare e subito dopo mamma entra in camera, senza aspettare ch'io le dia il permesso.

Ma che le prende? Non ha mai fatto così!

Appena la vedo entrare, con un inconfondibile sorriso a trentadue denti, mi ricordo: è su di giri perché domani è il suo compleanno e ha invitato le sue sorelle, nonché mie zie, per festeggiare insieme. È sempre al settimo cielo quando vengono zia Serena e zia Marta.

«Stavo pensando di preparare una pasta al forno» mi dice senza nemmeno salutarmi, come se non avessimo fatto altro che parlare di quello per ore.

«Mi sembra un'ottima idea, mamma» le rispondo, per troncare subito la conversazione e poter andare avanti a dipingere senza distrazioni.

«Oppure, in alternativa un bel polpettone!» propone entusiasta. «Ma che dico, una bella gricia! Come ho fatto a non pensarci prima?!» continua. «No, non si può, Marta è vegetariana, non devo dimenticarlo.»

Mentre continua a proporre piatti, mi alzo e l'accompagno alla porta dalla quale è appena entrata e la chiudo, dopodiché la sento ancora parlare da sola.

Torno alla scrivania e guardo quanto ho dipinto. Eric è bellissimo anche sulla carta. Ritocco un po' i dettagli degli occhi e del naso, poi metto via. Devo assolutamente trovare un regalo per mamma per la festa di domani, prima che chiudano i negozi.

Scrivo subito a Stefi, ho bisogno del suo supporto. Sono sempre a corto di idee quando manca poco ai compleanni e lei, che è una fucina di creatività, saprà sicuramente darmi una mano. E poi, dopo quanto avvenuto poco fa, mi aiuterà a distrarmi.

«Mi raggiungi da Poldo?» le scrivo intendendo il nostro negozio vintage di fiducia.

«Sono già lì, baby» mi risponde.

Riprendo per l'ennesima volta Tito, che ora fatica un po' ad accendersi, e vado verso il negozio.

Quando arrivo, Stefi è già all'opera. Ha l'incavo del braccio pieno di vestiti da provare. Mamma ha una corporatura molto simile alla mia, quindi quello che sta bene a me, quasi sicuramente andrà bene anche a lei.

«Credo che Patty apprezzerebbe molto questo gilet» mi dice allungandomi il primo capo da provare. «Mi dà quelle vibes anni Settanta che, secondo me, la farebbero sentire giovane come una volta» aggiunge.

Lo indosso e penso che Stefi abbia perfettamente ragione. Non sto neanche a provare gli altri capi: il gilet di jeans vintage è il prescelto.

«Wow, non è mai stato così facile» mi dice Stefi appena usciamo dal negozio.

«Hai ragione!» le confermo.

«Beh, direi che abbiamo tempo per un gelato allora, no?»

«Direi che abbiamo tempo per un gelato» annuisco, sorridendo e prendendola sottobraccio.

Stefi sceglie un cono crema e cioccolato, io mi butto sui gusti fruttati. Nel mentre, sto bene attenta a non far cadere nulla sul sacchetto di Poldo contenente il regalo per mamma, non voglio assolutamente rovinarlo.

Oggi Stefi ha aiutato me, quindi ora do io una mano a lei. Ultimamente ho monopolizzato un po' troppo le nostre conversazioni in tema di amore e mi sembra giusto che ora sia lei a sfogarsi e raccontare. Anche perché, diciamocelo, sono curiosa di sapere se negli ultimi giorni è successo qualcosa di succoso tra lei e il ragazzo con il quale sta uscendo da qualche settimana.

«Mah, Isa, ti dirò che sono molto demoralizzata. Marco non mi sembra molto interessato» mi dice sconsolata.

«Oh no, mi dispiace. Cosa te lo fa pensare?»

«Siamo usciti qualche volta ma mi sembra sempre distratto, come se non gli importasse davvero di essere con me in quei momenti.»

«Però nei messaggi mi sembrava dicesse il contrario, o sbaglio?»

«No, non sbagli, e infatti è proprio questo che mi confonde.»

«Magari è solo un po' codardo o timido.»

«Non lo so, ma di certo io voglio uno che abbia polso.»

«Già, non ti vedo a stare con un ragazzo che non sa prendere in mano la situazione.»

«Hai ragione, tu sì che mi conosci. Peccato tu sia già impegnata!» conclude Stefi facendomi l'occhiolino.

Temo mi chieda della conclusione della caccia al tesoro, ma per fortuna la conversazione su Marco l'ha presa e sono certa ci stia ancora pensando, nonostante la battuta che ha fatto per chiudere il discorso. Lo so, è la mia migliore amica e dovrei dirle tutto, ma in questo momento sono così scossa che voglio prima prendermi del tempo da sola per far sedimentare tutto quello che ho vissuto nelle ultime ore.

Stefi mi fa ancora i complimenti per essere arrivata sul podio del concorso in accademia e ci salutiamo, le mamme ci aspettano per cena.

Entro in casa e la cucina è invasa da pentole sporche. Mentre ero fuori, mamma ha fatto le prove per domani.

«Pasta vegetariana al forno e carciofi alla romana, Isa-bella!» mi comunica fiera della sua decisione, staccando volutamente le due parti del mio nome come è solita fare quando è particolarmente felice.

È tutto ottimo e penso che mamma mi mancherà quando andrò a vivere da sola.

«Non vedo l'ora che sia domani» mi dice mentre finisco di lavare gli ultimi piatti.

«Lo so, mamma. Anche io sono contenta di vedere le zie» le rispondo con sincerità.

Finito di sistemare la cucina che sembrava un campo di guerra, mi lavo e mi metto a letto. È stata una giornata più che impegnativa e ho bisogno di riposare. Prendo il telefono per ringraziare ancora Stefi per avermi accompagnata a prendere il regalo e mi accorgo di avere un messaggio non letto su Instagram. Apro l'app, vado sui messaggi ed è lui, l'account anonimo che ora ha un nome e un cognome, Eric Orsini. Clicco sulla chat e leggo.

Ho lasciato Valentina

Il mio cuore sembra arrestarsi per un secondo.

Cosa vuol dire? Si sta davvero lasciando alle spalle la storia con Valentina per me? Può davvero essere così facile?

Mi sorgono mille domande e come al solito sono confusa. Metto via il telefono, questa sera non risponderò. Ho bisogno di dormirci su, non voglio fare cazzate. C'è troppa carne al fuoco e se non mi fermo un attimo rischio di bruciarmi. E poi, se devo essere sincera, non voglio dargliela vinta così. Che si strugga un pochino anche lui.

Mentre penso queste cose mi immagino Sofi ridere e commentare «che caratterino». Sorrido all'idea della faccia che farebbe nel dirlo e mi addormento. Affronterò tutto quando sarò riposata e con più forze.

14

«Non so nulla con certezza, ma la vista delle stelle mi fa sognare.»

VINCENT VAN GOGH

Dopo una domenica trascorsa in casa a pensare e a guardare distrattamente un po' di serie tv, arriva inesorabilmente il lunedì. Al suono della sveglia mi alzo, con un po' di fatica, e passo la mattinata a studiare. Pranzo con mamma, che oggi si è presa un giorno di ferie per sistemare bene la casa in vista della cena di compleanno, e vado verso l'accademia. Non manca molto all'inizio della sessione, quindi mi affretto per non fare tardi e non perdermi nulla di queste ultime lezioni.

Quando arrivo, Stefi è già in classe. Le chiedo velocemente se ci sono novità con Marco, ma lei scuote la testa in segno negativo. Sospiro sconsolata e mi concentro sulla lezione. Per fortuna il prof stronzo si è fatto più bravo e coinvolgente ed è più facile seguire le sue ore. Finalmente riesce a distrarmi dai miei pensieri su Eric.

Oggi l'argomento della lezione di storia dell'arte moderna è ancora lo stile barocco a Roma. Dopo Bernini, che abbiamo studiato durante la gita a Villa Borghese, oggi il prof ci presenta Borromini. Un po' lo conosco già, visto che abito qui da sempre, ma studiarlo a livello universitario è un'altra cosa. Scopro molte cose che prima non sapevo e sono contenta di seguire e prendere appunti.

Sta andando tutto bene, fino a quando la lezione prende un'altra piega. Il prof è soddisfatto di quanto ha detto su Borromini e decide di passare a un altro artista, Andrea Pozzo. Il nome mi dice qualcosa, ma non riesco a collegarlo a niente in particolare. Penso a diverse opere a Roma ma non mi viene in mente nulla. Poi, sulla lavagna multimediale, compare la foto di un suo affresco e unisco i puntini, come si fa con le parole crociate: Andrea Pozzo è colui che ha affrescato diverse parti di Sant'Ignazio, la chiesa dell'ultimo indizio della caccia al tesoro.

Guardo Stefi incredula e lei scoppia a ridere.

«La tua vita a volte sembra una serie tv» mi dice sogghignando.

Sinceramente, mi sento presa in giro dalla vita.

Il prof fa scorrere le immagini della chiesa e io mi rendo conto di non aver guardato neanche per un secondo gli affreschi, durante tutto il tempo in cui sono rimasta lì con Eric. Mentre eravamo insieme, i miei occhi non facevano altro che rivolgersi a lui per guardarlo di nascosto oppure fissare la parete per nascondere le mie emozioni. Se il prof decidesse di fare qualche domanda, farei sicuramente scena muta: sono rimasta sotto quella volta per un'ora e non saprei dire nemmeno di che colore era il cielo.

Alla fine dell'ora, metto via i quaderni e mi preparo a uscire. Mentre infilo le ultime cose nello zaino, mi accorgo che sul fondo c'è un biglietto stropicciato. Lo fisso strizzando gli occhi e lo prendo in mano.

«Che è, Isa?» mi chiede Stefi.

«Non ne ho idea» le rispondo sincera.

Lo apro e leggo.

Piazza Venezia, 2b
Scalinata interna A, ultimo piano.

Di colpo mi ricordo. È il biglietto che aveva lasciato Eric sulla panca in chiesa, l'attimo prima di andare via. Il problema era che nello stesso istante mi aveva toccato la gamba e io al biglietto non avevo più fatto caso. L'avevo messo via senza pensarci e non l'avevo più tirato fuori.

A quanto pare, la caccia al tesoro non era ancora conclusa.

Questa volta l'indirizzo della tappa successiva è esplicito, ma a quale monumento fa riferimento? Non mi vengono in mente opere particolari in quella piazza. Certo, c'è l'imponente e immenso Vittoriano, ma è talmente grande che sarebbe impossibile trovare un biglietto lì. Inoltre, questo sembra un indirizzo privato. Potrebbe essere uno studio o un negozio o ancora una casa privata.

Non ci credo, non può essere casa sua.

Finite le lezioni non mi resta che scoprire dove porta quell'indizio.

Metto in moto Tito e parto ma, mentre guido, sento le mani sudare. Devo stare attenta a non perdere la presa sul manubrio del motorino.

Lo sto facendo veramente?!, penso incredula di me stessa mentre mi avvicino sempre più all'indirizzo segnato sul biglietto. Mi sento una pazza, eppure mi sembra di non poter fare altrimenti. Anche se la mia testa mi suggerisce in tutti modi di lasciar perdere, Tito mi porta diritto a piazza Venezia. Ogni passo mi conduce inevitabilmente a Eric.

Mi soffermo ad ammirare l'esterno del palazzo. La facciata è maestosa ed elegante, mi mette quasi in soggezione. Le finestre sono simmetriche, pulite e decorate da cornicioni neoclassici che danno l'idea della sontuosità.

Il portone è aperto. Entro e rimango per alcuni secondi completamente a bocca aperta, fino a quando il portiere non mi si piazza davanti chiedendo dove sto andando. Mi mostro sicura e rispondo che sono ospite degli Orsini e conosco la strada. Devo cercare la scalinata A, ma il mio sguardo è rapito dalle opere presenti nell'androne. Ci sono busti di marmo e lampadari di cristallo. È così diverso dall'ingresso del mio condominio, che sa sempre di salsa al pomodoro e spesso è occupato da scarpe e ombrelli gettati alla rinfusa sul pianerottolo.

Salgo, mentre a ogni gradino mi domando cosa scoprirò.

Nel biglietto Eric non aveva indicato il nome da citofonare. A quale porta avrei dovuto bussare?

Quando arrivo all'ultimo piano, i miei dubbi si sciolgono in un secondo: in cima alla scala, c'è una sola porta.

Famiglia Orsini

Allungo la mano verso il campanello, ma la porta si apre prima che io possa suonare.

«Ciao, Isa.»

È la prima volta che mi chiama col mio nome.

«Ciao, Eric» rispondo, sperando di mascherare bene l'emozione.

«Entra» mi dice facendomi largo.

Varco la soglia e il mio battito è a mille.

Lo spazio che mi accoglie è un enorme open space, un misto di oggetti antichi e arredi contemporanei perfettamente armonizzati fra loro. Sulla sinistra c'è un'immensa biblioteca, piena di enciclopedie di edizioni rare, inframmezzata da vasi di vetro con fiori freschi e profumati. Il tavolo da pranzo collocato vicino alla vetrata è di un marmo splendido, con venature che fanno invidia alle statue che ho visto a Villa Borghese. La parte di parete scevra di libri è occupata da quadri bellissimi. Non so riconoscere il pittore, ma non ho dubbi che siano stati fatti tutti da un nome eccellente.

Mentre mi guardo intorno, i miei occhi vengono attratti da un grande comò antico. È splendidamente scolpito, con dettagli intricati che raccontano di un'epoca passata. Sopra ci sono diverse foto incorniciate, disposte con cura. Mi avvicino, curiosa, e inizio a osservarle una per una.

La prima foto mostra una coppia sorridente in abiti da sposi, probabilmente i genitori di Eric. Accanto a questa, ce n'è una che ritrae due bambini. Uno è sicuramente Eric, lo riconosco dagli occhi intensi e i capelli scuri come la notte, l'altra è una femmina: Victoria, perfetta e posata già da piccola. In un'altra foto ci sono di nuovo i due fratelli e una bambina visibilmente più piccola, che presumo sia Iris, la sua sorellina. Non la conosco ancora, ma mi sembra di esserle già affezionata. La rivedo in altre foto sparse per la sala, ha un inconfondibile sorriso dolce e contagioso.

Continuo a osservare le foto e ne noto una di famiglia, probabilmente scattata durante una vacanza. Eric è più grande, forse un adolescente, e c'è una luce di ribellione nei suoi occhi, qualcosa che riconosco ora che l'ho visto un po' di volte.

I suoi genitori sembrano orgogliosi, ma c'è una certa tensione nascosta nei loro sorrisi.

Eric mi dà il tempo di guardarmi in giro, poi mi invita ad accomodarmi, con estrema gentilezza. Scopro ogni giorno un lato nuovo di questo ragazzo.

«Vuoi qualcosa da bere?» mi chiede.

Alcol, risponde la mia testa. Nella realtà mento: «Un bicchiere d'acqua va benissimo, grazie».

C'è parecchio imbarazzo fra noi due, ma non saprei come farlo andare via. Per fortuna, ci pensa lui.

«So che non ti senti a tuo agio, ma non ti preoccupare: nessuno della mia famiglia è a Roma in questi giorni.»

Sinceramente non avevo neanche pensato ai suoi.

«Sono tutti quanti all'Argentario» mi spiega. «Abbiamo una seconda casa lì e ogni tanto i miei e le mie sorelle ci vanno per fare una pausa.»

«Tu non vai mai?» gli chiedo.

«Quando ero piccolo sì, ora preferisco avere due o

tre giorni di autonomia. Mi piace stare a casa da solo, non c'è nessuno che rompe.»

«E le tue sorelle non apprezzano la solitudine?»

«Victoria no, ha bisogno di essere costantemente circondata da persone. Ha paura di rimanere sola, anche se non lo ammetterebbe nemmeno sotto tortura. Iris invece è ancora piccola, nessuno la lascerebbe a casa senza qualcuno che badi a lei.»

«Quanti anni ha?»

«Sette.»

«A te piace essere il fratello maggiore?»

«Non si direbbe ma sì. Iris è capace di tirare fuori il meglio di me. Divento automaticamente più dolce e premuroso quando c'è lei nei dintorni» dice, cercando di celare un sorriso affettuoso e spontaneo.

«Anche Victoria è così?»

«Oh no, lei mi fa l'effetto opposto. Vorrei non fosse mia sorella. A volte fatico persino a chiamarla così. Non capisco come ci possa essere un legame di sangue fra noi due.»

«Mi sembrate parecchio simili, in realtà» mi azzardo a dire.

«In che senso?» mi domanda, come se fosse la prima volta che qualcuno si accorge di questa cosa.

«Beh, all'apparenza siete entrambi parecchio burberi, freddi e altezzosi.»

«Diresti questo di me?»

«Per quel poco che ho visto, ti sei sempre dimostrato scontroso, ambivalente e sicuro di te.»

«Se è così, allora non ti offro la cena che ti ho preparato.»

Divento rossa. La conversazione sta prendendo una piega non preventivata. «Mi hai preparato la cena?»

«Non dovrebbe stupirti dopo che ti ho organizzato un'intera caccia al tesoro.»

«Hai ragione. Allora vediamo se è all'altezza delle aspettative» gli rispondo, mettendomi per una volta nel ruolo di chi punzecchia.

Prendiamo posto al tavolo che si affaccia sulla piazza. Passano continuamente macchine e bus sulle strade sottostanti, ma l'attico è perfettamente insonorizzato e si sentono solo i nostri respiri e i gesti timidi e impacciati.

Sono oramai le otto e il cielo si sta colorando di un arancione tenue che scalda le pareti della stanza. È insopportabilmente romantico. Insopportabile perché non so se il mio cuore è pronto a reggere tanta perfezione.

«Anche mia mamma adora cucinare» dico per rompere il silenzio.

Ma davvero? Cosa vuoi che gliene freghi di tua madre?

«Ginger, ancora non hai visto la mia camera da letto e già mi vuoi presentare tua madre?» mi dice ridendo.

Scoppio a ridere anche io e mi sento super in imbarazzo. «Non era quello che volevo dire» preciso.

Lui sorride, poi comincia a raccontarmi cosa ha preparato per la cena. «Signore e signori, *ladies and gentlemen*, *madames et monsieurs*, questa sera il ristorante Orsini vi propone linguine all'astice e un branzino alla mediterranea con una millefoglie di patate, il tutto accompagnato da un bianco francese della valle del Rodano. Per concludere, solo per lei, una Paris-Brest con frutti di bosco freschi colti nei boschi dell'Appennino.»

Scuoto la testa e scoppio a ridere. Mi sembra un sogno.

Eric porta i primi piatti in tavola e iniziamo a cenare. Mangiamo in silenzio, senza dire una parola, ma non c'è più imbarazzo fra noi. Forse è l'effetto del vino, che a poco a poco ci rilassa, ma non ne sono sicura. Credo che non ci sia bisogno di dire nulla perché uno accanto all'altro stiamo bene, semplicemente. A quanto pare, bastano un buon piatto di pasta, del vino francese e la vita è perfetta.

«Ti è piaciuto?» mi chiede quando il piatto è finito e pronto per tornare nella credenza, da quanto l'ho pulito facendo la scarpetta col pane.

«Fai un po' tu» gli dico indicando il piatto lucido.

«Lo prendo per un sì» risponde ridendo, mentre mi leva il piatto per andare a posarlo nel lavello.

Per il secondo e il dessert si ripete la stessa scena. Divoro tutto e gli faccio i complimenti. Lui non sembra sorpreso, quindi o sa di essere bravissimo in cucina oppure è abituato ad avere intorno ragazze che lo osannano. Preferisco rimanere nel dubbio.

«Se ti va, mi piacerebbe farti provare un liquore al tamarindo che in casa Orsini non manca mai» mi propone.

«Non l'ho mai assaggiato, ma sono aperta a tutto» gli rispondo.

«A tutto tutto?» mi risponde ammiccando.

«Non esageriamo» rispondo, anche se in fondo apprezzo quella battuta.

Eric prende due bicchierini e la bottiglia e mi fa strada verso il centro della sala.

«Ti va se ci mettiamo sul divano a berlo mentre guardiamo qualcosa in tv?» mi chiede.

«Volentieri» gli dico sorridendo con dolcezza.

Ma quante volte ho già sorriso stasera?!

Ci mettiamo comodi sul divano e gli propongo di guardare la serie che ho iniziato pochi giorni fa. Gli si legge scritto in faccia che non lo ispira per nulla, ma si vede che si sforza di fingere interesse. Questo ragazzo mi piace sempre di più. Muoio dalla voglia di baciarlo, ma cerco di trattenermi.

Respira. Stai calma, mi ripeto, mentre mi accorgo che con le dita sto stritolando il cuscino, pur di non saltargli addosso e stringere lui.

Siamo a metà di un episodio quando sento il telefono vibrare. È mamma.

Merda.

Mi ero dimenticata della cena del suo compleanno. La lezione su Andrea Pozzo, il bigliettino e poi tutto questo mi avevano fatto dimenticare ogni impegno.

«Scusami, Eric, devo proprio andare» gli dico nervosa.

«Ehi, si stanno invertendo i ruoli?» mi dice, visto che di solito è lui quello che scappa via.

Gli dico che non è per colpa sua e che, anzi, sono molto contenta della cena. Recupero la mia borsa e vado verso la porta. Sono già molto in ritardo, quindi non ho un secondo da perdere. Sto per uscire, quando mi sento tirare per un braccio. Mi volto e ritrovo le mie labbra sulle sue.

Eric mi sta baciando.

Perdo la cognizione spazio-temporale e non so quanto dura quel momento. Pochi secondi, un minuto, un'ora? Mi sembra di essere in un'altra dimensione mentre mi stringe fra le sue braccia. Mi sento avvolta, come se fossi in un gigantesco batuffolo di cotone. Il suo calore mi fa dimenticare tutta la freddezza con cui mi ha trattata nelle scorse settimane. Vorrei che questo bacio non finisse più.

Il telefono riprende a vibrare, è il chiaro segno che devo andare.

Mi stringo un'ultima volta a Eric – *quanto potrà durare tutto questo?* – ed esco, facendo i gradini a tre a tre, un po' per l'emozione, un po' per il ritardo imperdonabile.

Sfreccio con Tito attraverso la città e arrivo a casa che la cena è oramai finita. Mamma mi guarda torva, le zie corrono ad abbracciarmi.

«Isa, tesoro!» grida zia Serena mentre si alza da tavola per raggiungermi.

«Finalmente sei arrivata!» dice piena di entusiasmo zia Marta, mentre mamma continua a sfregare con acqua e sapone i piatti sporchi. Conosco quel gesto nervoso, vuol dire che è arrabbiata. E parecchio. Non lo dice mai, ma me lo fa capire. Mi sento in colpa, non volevo rovinarle la cena.

Per fortuna, ci sono anche le zie e ci pensano loro a ravvivare il clima. Raccontano delle loro ultime avventure per il mondo. Marta e Serena sono le Moretti che ce l'hanno fatta e sono sempre in giro per lavoro. Non ho ancora ben capito cosa facciano di preciso, ma ogni volta che tornano a Roma sono piene di aneddoti collezionati da ogni parte del globo. Quando mamma tira fuori la torta, però, il clima torna a essere per me difficoltoso. È zia Marta a lanciare la patata bollente.

«Ma come mai hai fatto così tardi, Isa? Con chi eri?» domanda strizzando l'occhio.

Io dissimulo prontamente: «Ero a studiare in biblioteca, tra poco c'è la sessione».

Nessuno mi crede. Zia Serena fa finta di abboccare e rincara la dose.

«Ah, ho capito. La biblioteca è piena di bellissimi *libri*, non è vero?» dice soffermandosi sulla parola «libri».

Capisco al volo che non è di quelli che sta parlando, ma voglio che la conversazione finisca in fretta, quindi cambio argomento. «C'è ancora della torta, mamma?» chiedo per distogliere l'attenzione e cambiare discorso.

Patty è ancora arrabbiata, ma sta al gioco, per salvare il salvabile della cena. Mi passa un'altra fetta e si mette a raccontare della ricetta per farla. Le zie però non demordono. «Eri con quel ragazzo che abbiamo conosciuto l'ultima volta?» chiedono.

«No, Alex, è solo un amico» sottolineo.

«Strano» dice mamma introducendosi nella conversazione.

La fulmino con lo sguardo: lo sa che mi dà fastidio quando gli altri la vedono così e soprattutto non è da lei mettermi i bastoni fra le ruote. Deve esserci rimasta proprio male per il mio ritardo. Decido di provare a farmi perdonare definitivamente e vado in camera a prendere il regalo. Quando torno in salotto, la torta è sparita e sul tavolo ci sono già gli amari.

Ci danno dentro, le Moretti.

Mi verso un sorso di amaro, ma molto ridotto: sento

ancora gli effetti del vino francese di Eric, quindi è il caso di non esagerare con le dosi.

Mamma scarta il regalo e si mette quasi a piangere. Direi che è chiaro che le piace molto.

«Meno male che non siamo emotive come te!» esclama zia Marta.

«Già, per fortuna la mamma ci ha fatte diverse!» conferma zia Sere.

Da questo momento, ha avvio l'immancabile parte di serata in cui le tre sorelle si raccontano a vicenda le storie più epiche della loro infanzia. È il punto in cui mi è permesso andare in camera e farmi i fatti miei. Saluto le zie e abbraccio mamma. Il gilet le è piaciuto così tanto che le è passata ogni emozione negativa.

Mi metto a letto e ripenso alla cena con Eric. È avvenuta per davvero o è stato tutto un sogno? Ancora mi sembra incredibile.

Mi domando se sia il caso di mandargli un messaggio per ringraziarlo di nuovo. Dove dovrei scrivergli, però? Non ho ancora il suo numero. Dovrei usare ancora l'account @artistatormentato o il suo personale? Mentre mi faccio tutte queste domande, il telefono vibra.

Lo sblocco e scopro che, a quanto pare, anche Eric mi sta pensando. Leggo le sue parole e rimango senza fiato.

Quando ti posso baciare di nuovo?

15

«Se lo potessi dire a parole non ci sarebbe necessità di dipingerlo.»

EDWARD HOPPER

Tre settimane dopo

«Come sei messa con l'esame di storia dell'arte moderna, Isa?»

«Oh, in realtà non mi sento molto pronta...»

«Appunto, te lo chiedo perché anche io non ho molta voglia di studiare e se ci aiutiamo a vicenda magari riusciamo a portare a casa la sessione.»

Alex, al solito, compare come il coniglio dal cappello magico quando ho bisogno di sostegno.

«Potremmo studiare le mattine da me e i pomeriggi da te, così a metà giornata facciamo una bella pausa camminando da una casa all'altra e ne approfittiamo per mangiare un panino in qualche bar al sole» mi propone, mentre con una mano regge il suo Sex on the beach, stando bene attento a che non lo urti nessuno. Mi piace la sua idea, non voglio rimanere indietro con gli esami.

Siamo seduti sulla scalinata di piazza Trilussa, dove oramai ci troviamo quasi ogni sera da quando sono finite le lezioni.

Stiamo aspettando Chiara, Cris, Stefi e Sofia. Per una volta, incredibile ma vero, non sono io quella in ritardo. Mentre li attendiamo, Alex mi racconta dei suoi programmi per l'estate.

«Non sai quanto ti ammiro, Alex. Siamo a metà maggio e sai già perfettamente quello che farai nei prossimi tre mesi... Per me è già tanto se so quale pigiama metterò stasera!»

Alex ride, io vado avanti con il discorso. «Devo ammettere però che tutto sommato non mi dispiace ridurmi all'ultimo.»

«Tu sei pazza.»

«Ma no, è così che nascono le avventure migliori!»

«Sarà, ma io preferisco avere delle certezze nella vita...»

Avevo fatto così l'anno scorso, a eccezione delle vacanze in Sardegna con mia madre a luglio, e avevo vissuto l'agosto migliore della mia vita. Io e Stefi eravamo le uniche rimaste a Roma. I nostri compagni di classe si erano organizzati per andare tutti insieme a Gallipoli la settimana di Ferragosto, ma io e lei avevamo declinato l'invito. Non potevamo permetterci una vacanza così costosa. Così, ci eravamo ritrovate da sole a sopportare il caldo infernale della capitale, affollata di turisti stranieri e svuotata dei suoi abitanti che giustamente si erano rifugiati o al mare o in montagna per trovare un po' di fresco.

«Prepara le valigie» mi aveva detto Stefi un giorno.

«In che senso?» le avevo domandato sorpresa.

«Ho preso i biglietti per il concerto di Maluma.»

«Sei seria?»

«Serissima. Erano gli ultimi rimasti.»

«Per quando?»

«Fra tre giorni.»

«Fantastico! Allo stadio Olimpico?»

«No, baby.»

«All'Ippodromo?»

«Acqua, acqua, Isa.»

«Non dirmi che sarà alle Terme di Caracalla.»

«Molto meglio.»

«Meglio di una location che ha duemila anni di storia?» le avevo domandato cinica.

«Ok, forse meglio no, ma sono sicura ti stupirò.»

«Avanti, sputa il rospo» l'avevo incalzata.

Stefi, col suo fare teatrale, non si era fatta scappare l'occasione di rendere questo momento epico. «Rullo di tamburiii» aveva gridato simulando di avere una batteria ai suoi piedi. «Sentiremo il concerto del nostro cantante preferito a...»

«Forza, Stefi, vai dritta al punto!»

«Barcellona!»

Quando avevo sentito il nome della città spagnola, ero scoppiata a piangere e a ridere insieme.

Stava scherzando?

Quel viaggio sarebbe stato una follia, ma noi non ci eravamo tirate indietro. Così, in pochissimo tempo, avevamo fatto le valigie, chiesto in prestito la macchina alla mamma di Stefi – una vecchia Cinquecento che ancora non so come abbia fatto a portarci a destinazione e poi di nuovo a casa – ed eravamo partite per un viaggio on the road per la Spagna, attraverso l'Italia, la

Francia e i Pirenei. È stata una settimana folle, che ancora ricordo come una delle migliori della mia vita. Abbiamo passato non so quante ore ferme nel traffico lungo la Costa Azzurra, ma non ci siamo annoiate un secondo. Abbiamo sfruttato i rallentamenti per riascoltare tutta la discografia di Maluma e imparare le canzoni che ancora non conoscevamo; quando eravamo stufe di stare in macchina, imboccavamo la prima uscita per il mare e andavamo alla scoperta di cale nascoste. Abbiamo fatto il bagno nelle gole del Verdon e nel parco della Camargue, dove abbiamo visto centinaia di fenicotteri rosa alzarsi in volo nel cielo azzurro.

Millequattrocento chilometri ad andare e altrettanti a tornare, ma lo rifarei seduta stante; e poi, durante quel viaggio, Stefi si era pure innamorata. Non l'ho mai vista così felice come in quei giorni in Spagna. Aveva perso la testa per un ragazzo che era accanto a noi durante il concerto. Hanno parlato per due ore ininterrottamente, ridendo e cantando. Ancora non mi spiego come abbiano fatto a capirsi con la musica così alta tutt'intorno.

Io, tra l'altro, anche se avessi sentito, non avrei capito nulla. L'inglese lo mastico, ma con lo spagnolo sono un disastro, non saprei ordinare nemmeno una sangria senza fare figuracce.

Stefi invece lo parla perfettamente, dato che sua nonna è nata e ha vissuto tutta la vita a Granada, per cui per lei non è stato un problema, anzi, è riuscita persino a farsi invitare a casa del ragazzo! Io ero un po' scettica, ma lui si è rivelato una brava persona e ha finito per ospitarci per qualche giorno. Ci ha fatto conoscere la città in ogni dettaglio. Ci ha portate alla spiaggia di Barcellona, ci ha fatto vedere la Sagrada Familia e ci ha rimediato degli ingressi gratuiti al Parc Guell.

Siamo state molto bene e devo ammettere che lui e Stefi erano proprio carini insieme, è stato un vero peccato che si siano dovuti separare.

Lui e Stefi hanno anche continuato a sentirsi per qualche mese dopo il nostro rientro in Italia. Poi lui ha smesso di risponderle tutto d'un tratto. Che stronzo. Stefi è stata malissimo. È il motivo per cui spero che ora con Marco le cose possano andare bene: non voglio vedere Stefi soffrire ancora per amore come la scorsa estate.

Mentre racconto per l'ennesima volta la folle vacanza ad Alex, le gambe distese lungo la scalinata e le mani che reggono i bicchieri, ecco che arrivano gli altri. Stefi compare con il suo solito sorriso caloroso e gli occhi verdi che risplendono; Chiara, vestita di rosso come al concerto, cammina gesticolando animatamente mentre racconta qualcosa che non riesco a udire.

Cris ha con sé una chitarra. La estrae dalla custodia, la accorda e inizia subito col botto intonando *Sarà perché ti amo*.

Fantastico, sarà un'altra serata karaoke!

Io, Sofi, Stefi e Chiara partiamo subito a cantare. Se ci fosse una componente in più, ci potrebbero scambiare per le Spice Girls.

Al primo ritornello si aggiungono tutti gli altri ragazzi che come noi sono lì per fare serata; al secondo, si aggregano anche i turisti di passaggio, che non perdono l'occasione di cimentarsi in un brano italiano, storpiando tutte le parole in modo buffo, oppure di filmare la scena per avere un ricordo unico per sempre. Si crea un'energia positiva magica, che ci isola per un momento da qualsiasi altro pensiero.

Il karaoke continua con i grandi classici dei Lunapop, degli 883 e di Lucio Battisti. A volte, vivere a Roma è come stare perennemente in una colorata cartolina dell'Italia che prende vita.

«Che spettacolo» afferma Cris, alzando lo sguardo verso le stelle. «Questi sono i momenti che contano.»

Dopo qualche canzone, arriva un gruppo di ragazzi con le casse bluetooth: significa che il tempo della chitarra è finito. Non abbiamo amplificatori e non possiamo combattere questa battaglia. Dobbiamo abbandonare la nave e andare da un'altra parte. Mettiamo via la chitarra e le cannucce usate come finti microfoni e ci spostiamo in un locale, per un altro drink.

«Come siete messi questo weekend?» domanda Alex.

Tutti rispondiamo di essere liberi.

«Bene, allora tutti da me a Ostia!» lancia l'idea.

«Sembra che tu abbia già deciso, Alex» gli fa notare Cris con un sorriso.

«Hai ragione, allora andiamo dritti al punto e organizziamo il tutto!» aggiunge Chiara con entusiasmo.

Alex spiega agli altri come arrivare nella seconda casa che i suoi hanno al mare e ci organizziamo con le macchine.

Sofi, che vive da meno di un anno a Roma e a Ostia non è mai stata, mi guarda e mi sussurra gasata: «Uuuh, sarà il mio piccolo viaggio on the road stile Barcellona!».

Io vorrei dirle che il lido dista poco meno di un'ora dal centro città, ma non voglio rovinarle l'hype e rinuncio a spiegarglielo.

«Grazie per la tua ospitalità, Alex» dice Chiara parlando a nome di tutti.

«Mi fa solo piacere. Sarà bello studiare insieme in riva al mare» ammette lui.

«Già, ci farà bene» chiosa Stefi.

16

«La pittura è solo un altro modo di tenere un diario.»

PABLO PICASSO

La mattina dopo l'ansia per gli esami, che ero riuscita a mettere da parte, torna ad assalirmi. Devo tornare subito al caos organizzato della mia scrivania: libri aperti, foglietti e appunti che circondano il pc con dentro una miriade di schede e riassunti. Mentre studio sento il telefono che vibra insistentemente sulla scrivania: qualcuno mi ha scritto. Prendo il telefono ed è Eric. Mi avvisa che ha quasi finito l'ultima lezione e mi chiede se mi va di vederci per cena. Io non so cosa rispondere.

Le ultime tre settimane sono state una favola. Ci siamo visti quasi tutti i giorni. Abbiamo fatto tutto quello che possono fare due ragazzi innamorati nella città più bella del mondo. Abbiamo camminato per ore mano nella mano, esplorando angoli nascosti per non dare nell'occhio e scoprendo piccoli caffè e botteghe artigiane di cui non ci eravamo mai accorti. Roma mi è sembrata ancora più spettacolare, percorsa con la mano stretta nella sua.

Ogni momento passato insieme è stato incredibile.

Una sera ci siamo persi nei vicoli di Trastevere e siamo finiti in una piazzetta incantevole mai vista prima, un'altra abbiamo raggiunto il Gianicolo in motorino per vedere il tramonto da una prospettiva diversa. Non dimenticherò mai come mi sono sentita libera e viva, mentre il vento fresco mi solcava il volto e sollevava la gonna e io mi stringevo ai suoi fianchi. Un'altra sera ancora sono tornata a casa sua, sempre quando il resto della sua famiglia era fuori città. Lontani dal mondo di tutti i giorni e dai giudizi degli altri, siamo stati come in una favola. Abbiamo passato il pomeriggio a cucinare insieme, ridendo come due complici che condividono un segreto. Eric mi ha insegnato la sua «carbonara perfetta» e devo ammettere che non pensavo fosse possibile migliorare qualcosa che già adoravo e pensavo di fare in modo eccelso.

Quella sera, dopo cena, abbiamo scelto un film da guardare, non ricordo nemmeno quale. Ero troppo concentrata su di lui, sulla vicinanza dei nostri corpi, sulla tensione elettrica che sentivo tra noi. Quando a metà del film ha messo il braccio intorno alle mie spalle, tirandomi dolcemente a sé, ho poggiato la testa sul suo petto e ho sentito il battito del suo cuore. Avrei giurato che il mio si sarebbe messo ad accelerare, invece, al contrario, si è sentito a casa. Il cuore di Eric ha un ritmo rassicurante che mi culla più della più dolce ninna nanna.

Il film proseguiva, ma noi eravamo troppo presi l'uno dall'altra. Eric ha sollevato la mano e ha accarezzato il mio viso, il suo tocco leggero come una piuma. Mi sono persa nei suoi occhi, quegli occhi che sembrano vedere dentro di me, leggere ogni mio pensiero, ogni mio desiderio. Poi, lentamente, ha avvicinato il viso. Ho chiuso gli occhi e sentito il suo respiro mescolarsi al mio. Ci siamo baciati. Lo so che era già successo, ma per me ogni volta è come se fosse la prima. È stato un bacio appassionato, carico di emozioni e di promesse non dette. Le sue labbra sulle mie erano calde, morbide, come un dolce tortino al cioccolato. Ci siamo staccati solo per un attimo, i nostri occhi ancora chiusi, le fronti appoggiate l'una contro l'altra. Ho aperto gli occhi e l'ho visto sorridere, un sorriso che diceva tutto senza bisogno di parole. Abbiamo ripreso a baciarci, questa volta con più intensità, come se volessimo recuperare il tempo perso, come se ogni bacio fosse una dichiarazione di quello che sentivamo.

Negli ultimi giorni però la situazione ha iniziato a farsi un po' tesa per me, per questo non so se accettare il suo invito. Per quanto siano speciali e preziosi i momenti che passiamo insieme, inizia a pesarmi il fatto di tenere la relazione segreta.

Ogni volta che lo invito a uscire coi miei amici lui declina, e tutte le volte che è lui a vedersi con i suoi compagni non mi permette di venire. Lui continua a dirmi che ci vuole tempo, che per lui è importante che il nostro rapporto si stabilizzi prima che mi presenti ai suoi amici, ma più andiamo avanti più queste richieste iniziano a pesarmi.

Vorrei poter essere serena con lui anche quando non siamo da soli. Mi sembra di stare perennemente su una giostra, un continuo di alti e bassi, una montagna russa che non mi fa vivere bene questo rapporto.

Alcune sere fa per questo motivo abbiamo litigato e per qualche giorno non ci siamo sentiti, quindi, immagino che la sua proposta di vederci per cena sia per riappacificarci e mi sembra una cosa bella.

Accetto, ma decido di fargli una sorpresa prima.

Mi dirigo con Tito verso l'edificio della facoltà di Giurisprudenza e lo aspetto fuori.

Appena lo vedo arrivare, sento le farfalle nello stomaco. Anche se abbiamo litigato e ci siamo allontanati per qualche giorno, quello che provo per lui non è cambiato.

Lui non si accorge subito di me. Rimane all'uscita a chiacchierare con qualche compagno. Gli faccio un cenno della mano. Appena i suoi occhi incrociano i miei, la mia bocca si distende in un sorriso enorme.

Quanta felicità che mi dà quel ragazzo.

Mentre mi avvicino, però, mi accorgo che il mio sorriso non è ricambiato. Eric mi fulmina con lo sguardo e la mia camminata decisa si arresta. Rimango impietrita.

Lui saluta gli amici e mi raggiunge.

«Che cazzo fai?» mi dice con tono aggressivo.

«Volevo farti una sorpresa» gli rispondo, mentre mi accorgo che i miei occhi si stanno facendo lucidi.

«Cristo santo, ma lo sai che non voglio che ci vedano insieme» ribatte.

«Lo so, ma sono rimasta a distanza, non pensavo fosse un problema.»

«No, certo, come se non te l'avessi mai detto.»

«Sì, ma ti ho solo salutato, non ti sono saltata addosso.»

«Ci mancherebbe.»

Mi volto perché non mi veda piangere. Mi tampono gli occhi, poi cerco di parlare con gentilezza. «Senti, Eric, io ho capito che vuoi che la nostra relazione per un po' rimanga segreta, ma io ho bisogno di sapere quanto durerà tutto questo, perché non so per quanto riuscirò a sopportarlo. Io vorrei una relazione limpida che non mi dia pensieri.»

«Appunto, anche io. Quindi per favore allontaniamoci da qui.»

Mi prende con veemenza e andiamo verso il primo bar.

«Entriamo qui e parliamo» dice perentorio.

Lo seguo nel locale con le gambe che tremano.

Non è questa la relazione che sognavo.

Mentre lui ordina, io riprendo la conversazione, cercando di far valere la mia posizione e di non farmi tradire dall'emotività che alle volte mi rende fragile. «Eric, io voglio stare con te, ma ho bisogno che anche tu mi dimostri che vuoi la stessa cosa.»

«Ginger, ci vediamo quasi tutti i giorni, cosa devo fare di più?»

«Quello che ti ho detto mille volte: lasciarmi essere parte della tua vita e non tirarti fuori dalla mia. Io non sono solo la tua ragazza. Ho una famiglia, degli amici e vorrei che tu ne facessi parte.»

«Vuoi dire che non ti basto?»

«Non travisare. Sto solo dicendo che per me è importante che la relazione non sia nascosta.»

«Non è nascosta. Ogni volta che andiamo al nostro parco mi pare che non mi vergogno a baciarti davanti ad altri.»

«Sì, ma perché intorno a noi ci sono persone che non conosci. È facile così.»

«Quindi cosa vuoi fare, mi vuoi lasciare perché non esco con i tuoi amici o non ti faccio uscire con i miei?»

«Non sto dicendo questo, però potrei pensarci se le cose non cambiano.»

Eric non risponde e sembra non voler capire.

La conversazione si arena e rimaniamo in silenzio. Poi lui si alza, paga il conto e mi riaccompagna a casa in macchina.

«Pensaci, ti prego» gli dico prima di scendere.

Lui rimane in silenzio.

Resto ancora qualche minuto in macchina, attendendo che lui dica qualcosa o almeno mi saluti, ma nulla di questo accade. Gli do un bacio sulla guancia e vado. Questa sera non ceneremo insieme.

Arrivo a casa con il cuore che mi batte forte e le mani che tremano. La lite con Eric mi ha scosso più di quanto avessi previsto. C'era qualcosa di profondo, di doloroso. Non riesco a togliermi dalla testa il tono della sua voce, l'espressione del viso.

Mi rintano in camera e dico a mamma che per oggi salterò la cena. Ho lo stomaco chiuso e preferisco non mangiare.

Le lacrime che ho trattenuto per tutto il tragitto iniziano a scorrere liberamente. Mi siedo sul letto, abbracciando le ginocchia e lasciando che tutto il dolore e la frustrazione escano.

Ripenso a quello che è successo. Le nostre voci che si alzano sempre di più, le accuse reciproche, il senso di impotenza.

Mi sdraio, cercando di calmarmi. Non riesco a capire come siamo arrivati a questo punto. Voglio solo un po' di normalità, ma oramai non so se è possibile. Le parole feriscono e lasciano cicatrici che non sempre si possono guarire.

Così non può continuare.

Non è sana una relazione così altalenante, con momenti di adrenalina e fuochi d'artificio e serate di silenzi, risposte aggressive, ripicche. Cosa devo fare perché lui capisca, per evitare di mettere fine alla nostra storia?

Mi rintano sotto le lenzuola e per non pensare decido di guardare una serie, ma il computer si spegne a metà della puntata. Non ho voglia di andare in cucina a recuperare il caricatore, perciò prendo il telefono e decido di guardare la seconda parte da lì.

Dopo pochi minuti, si apre una tendina nella parte alta dello schermo. È Eric.

Scusami, Isa. Non avrei dovuto essere così scontroso

Non rispondo.

Hai ragione e voglio farmi perdonare.
Troviamoci domani qui.

Sotto il terzo messaggio ci sono delle coordinate geografiche.

No, eh, un'altra caccia al tesoro no!

Anche se stavolta so che non la farei per uno sconosciuto, non sono certa di essere disposta a girare ancora come una trottola per la città senza sapere fino a dove dovrò arrivare.

Non rispondo neanche a questo messaggio e vado avanti a vedere la serie. Ci dormirò su e domani deciderò se raggiungerlo dove mi ha indicato oppure andare a studiare da Alex, come siamo d'accordo.

Finisco la puntata, mi corico e cerco di prendere sonno.

17
Eric

Mentre guido allontanandomi da casa di Isabella, la discussione continua a risuonare nella mia testa.

Le sue parole insistenti, il desiderio di rendere pubblica la nostra relazione mi hanno colpito più di quanto volessi ammettere. Vedo il suo volto confuso e ferito, il modo in cui mi guardava mentre cercavo di spiegare perché non potevo fare ciò che mi chiedeva.

Non posso semplicemente tornare a casa ora.

Ho bisogno di spazio, di tempo per riflettere. Decido di girare per Roma in macchina, lasciando che le strade familiari di sempre mi guidino senza una destinazione precisa. La città di notte ha un'aria diversa, quasi magica, eppure stasera non riesco a godermela come al solito.

Le luci dei lampioni creano ombre lunghe sui muri antichi e ogni angolo della città sembra raccontare una storia.

Il Colosseo illuminato, piazza Venezia, e poi il Tevere che scorre tranquillo sotto i ponti. Di solito, tutto questo mi dà una sensazione di pace, ma stasera mi sento solo confuso e turbato.

Isabella vuole che la nostra storia sia pubblica. Vuole che ci teniamo per mano senza doverci guardare intorno, senza preoccuparci di chi potrebbe vederci. Ha ragione, ma non è così semplice per me. La mia famiglia non approverebbe la nostra relazione e non so nemmeno se lo confesserò mai.

In più, c'è Valentina, con cui la situazione è ancora tesa, perché non ha accettato il fatto che io l'ho lasciata. Ci conosciamo da tutta la vita, siamo stati insieme per tanto e lei credeva davvero nella nostra relazione. Non pensava sarebbe potuta finire. So che soffre, e anche se non la amo mi dispiace per lei, in fondo abbiamo trascorso tantissimi anni insieme. Ovviamente non le ho detto che me ne sono andato per un'altra, ma non è stupida, lo capirà presto.

Nel frattempo però farò di tutto per proteggere il rapporto che ho ora con Isa. È grazie a lei se ho avuto la grinta di fare quello che avrei dovuto fare da tempo.

Tutto si intreccia in un groviglio che sembra impossibile da districare.

Mentre guido sul Lungotevere, la mia mente torna alla nostra discussione. Le sue parole erano cariche di emozione, di frustrazione. Mi ha detto che non vuole più vivere nell'ombra, che meritiamo di essere felici alla luce del sole. E io? Cosa voglio davvero?

Lo domando a me stesso e alle strade che percorro da quando sono nato. Non ho molti dubbi in verità. Io voglio Isabella. Voglio che stiamo insieme e che lei sia felice con me, senza intralci. Senza genitori, senza ex fidanzate che non accettano la fine di una relazione, senza ansie. Queste però fatico ad abbandonarle. Il peso delle responsabilità che porto mi schiaccia. So che non posso continuare così, è ingiusto per tutti noi, ma affrontare la verità significa scatenare una tempesta. La mia famiglia non accetterà facilmente la mia decisione. Hanno sempre scelto al posto mio e rompere questo schema sembra un'impresa titanica, significa rompere un'abitudine che portiamo avanti da un quarto di secolo oramai.

Mi fermo vicino a Castel Sant'Angelo e spengo il motore. Il silenzio è quasi opprimente.

Scendo dalla macchina e cammino lungo il fiume, cercando di trovare una risposta nei riflessi dell'acqua. La città sembra addormentata, ignara del tumulto dentro di me. La mia mente torna a quel momento perfetto, al primo bacio con Isabella. È passato quasi un mese oramai, eppure mi sembra sia successo ieri. Se chiudo gli occhi, sento il suo profumo dolce e leggero e la sua risata timida quando si imbarazza.

Ricordo che quella prima sera a casa mia, tutto era successo in modo inaspettato. Lei si era avvicinata alla porta per uscire e mi guardava con quella curiosa miscela di timidezza e sfida che aveva sempre avuto. In quel momento ho capito che non potevo più resistere. Mi sono avvicinato lentamente, dandole tutto il tempo di allontanarsi se avesse voluto. Lei non lo ha fatto. È rimasta lì, ferma, guardandomi con una dolcezza che mi ha fatto sentire come se fossi l'unico uomo al mondo. Quando le nostre labbra si sono incontrate, è stato come se il tempo si fosse fermato. Il bacio era dolce, delicato, eppure carico di una passione che avevo solo immaginato e non pensavo si sarebbe realizzata con tutta quella intensità. Ho sentito il suo respiro mescolarsi con il mio, le sue mani timidamente sfiorarmi il viso. Ogni fibra del mio essere sembrava accendersi, come se fossi stato a lungo addormentato e ora, finalmente, mi stessi svegliando. Il mondo fuori poteva anche essere in tumulto, ma lì, in quel momento, c'eravamo solo noi due. Mi sono sentito invincibile.

Quando ci siamo staccati, i suoi occhi brillavano di una luce che non avevo mai visto prima. Sarei andato oltre, molto oltre: la voglia di toglierle ogni indumento e ogni barriera tra di noi era forte, molto forte. Volevo sentire la sua pelle nuda contro la mia, il suo respiro mescolarsi di nuovo al mio. Avrei voluto sentire le sue mani percorrere ogni centimetro del mio corpo e io baciare ogni fibra del suo. Avrei voluto farla mia lì, nel soggiorno di casa mia. Se non fosse stato per il suono del suo telefono che ha interrotto il nostro momento probabilmente avremmo fatto l'amore seduta stante, sul divano o persino per terra.

Grazie a quel bacio, ho capito che la sua presenza nella mia vita era diventata indispensabile, il nostro amore una necessità.

Torno alla macchina e mi siedo al volante, ancora immerso nei miei pensieri. So cosa devo fare, ma non è facile trovare il coraggio. Appena penso di dire la verità ai miei, il mio stomaco si contorce. Vedo già l'espressione burbera di mio padre e temo già lanci di bicchieri o piatti come simbolo estremo della sua disapprovazione. Non conosce mezze misure l'illustre Tancredi Orsini.

Accendo il motore e mi dirigo verso casa, deciso a trovare una soluzione. Non sarà facile ma, per Isabella, vale la pena di lottare.

Entro in casa cercando di non far rumore. La porta si chiude silenziosamente alle mie spalle e il familiare odore di legno di mogano appena lucidato mi avvolge. Nella penombra del salotto, sento il leggero tintinnio di ghiaccio in un bicchiere e un brivido mi percorre la schiena. So già cosa mi aspetta, ma spero invano che questa volta sia diverso.

Mi muovo lentamente, quasi trattenendo il respiro, per evitare di essere sentito, ma è troppo tardi. Mio padre è lì, a due passi da me, seduto sulla poltrona di pelle. Ha un bicchiere di whisky in mano, lo sguardo fisso nel vuoto. La sua presenza riempie la stanza di un'energia pesante, carica di tensione.

«Eric» mi chiama, come tutte le sere in cui rincaso tardi, con un tono gelido e autoritario. «Siediti. Dobbiamo parlare.»

Ubbidisco e prendo posto.

Mio padre sorseggia il whisky, con fastidiosa tranquillità. «Sai quali sono i nostri doveri verso questa famiglia?»

Annuisco, anche se dentro di me sento un disagio crescente. «Sì, papà. So cosa ci si aspetta da me.»

«Allora perché non agisci di conseguenza? Mi sembra che tu lo stia dimenticando ultimamente» mi fa notare, alzando leggermente la voce. «Stai troppo al maneggio, so che la tesi non la stai scrivendo ed è un po' che non

vedo Valentina» spiega, come se le cose non fossero già chiare. «Hai delle responsabilità, Eric. Non puoi continuare a vivere come se queste non contassero nulla. La nostra famiglia ha costruito una reputazione, un impero. Non possiamo permetterci errori.»

Stringo i pugni sulle ginocchia, tentando di mantenere la calma. «Non sto ignorando le mie responsabilità. Sto cercando di trovare un equilibrio tra ciò che voglio e ciò che tu vuoi per me» provo a spiegare.

Papà scuote la testa ridacchiando in modo amaro, sorseggiando ancora un po' di whisky. «Non è questione di equilibrio, Eric. È una questione di priorità. La famiglia viene prima di tutto. Devi ricordarlo. E devi dimostrarlo con le tue azioni.»

Mi sento sopraffatto dalla frustrazione. «Sto facendo del mio meglio, papà. Il fatto è che niente sembra essere abbastanza per te» lo affronto.

«Il tuo meglio deve essere all'altezza delle nostre aspettative» risponde con una voce più dura. «Abbiamo investito molto in te, nelle tue capacità, nella tua formazione. Non possiamo permettere che tu devii dal percorso tracciato per te. Sarebbe estremamente sgradevole se lo facessi. E ti dimostreresti privo di gratitudine e riconoscenza nei confronti dei genitori che ti hanno dato tanto.»

Abbasso lo sguardo, sentendo il peso delle parole di mio padre.

Non so quanto ancora riuscirò a sopportare tutto questo. So che dietro ogni parola si nasconde lo sforzo di anni di investimenti, sforzi e fatiche. Ma nessuno mi ha mai chiesto se a me andava bene tutto questo. Dentro di me c'è un senso di ribellione che fatico tanto a non far emergere.

Mi alzo, lasciando il salotto con un senso di oppressione e disagio. Conto fino a dieci per non esplodere e raggiungo la mia camera.

Sono immensamente nervoso. Non so quanto ancora riuscirò a reggere. Per ora, tutto ciò che posso fare è continuare a camminare su questa sottile linea, sperando di non cadere e confidando nella forza che mi dà lo stare con Isabella.

18

«Chi non stima la vita non la merita.»
LEONARDO DA VINCI

«Isa, tesoro, guarda che oggi non ci sono tutto il giorno perché devo lavorare fuori città.»

Mamma entra in camera come l'ultima volta senza bussare, svegliandomi di soprassalto. Mi metto il cuscino sopra la testa in segno di disapprovazione e grugnisco in malo modo.

«Ok. Grazie di avermi svegliata così dolcemente» le dico infastidita.

Ci metto un attimo a sintonizzarmi con il pianeta Terra. Ho fatto sogni strani e mi sembra di essere ancora in quelli. Guardo l'ora: sono le dieci.

Cazzo, è tardissimo.

Avviso Alex che oggi non andrò da lui, come avevamo precedentemente deciso: è già tardi e mi conviene rimanere a casa a studiare e non perdere tempo con gli spostamenti.

Dopo avergli scritto, mi accorgo di aver lasciato Eric senza risposta al messaggio in cui mi chiedeva di incontrarci nel luogo indicato solo tramite coordinate. Per quanto mi abbia fatta arrabbiare, non voglio rovinare le cose, ci pensa già abbastanza lui, quindi scrivo un messaggio veloce di conferma e premo invio. La sua risposta non tarda ad arrivare.

Ci vediamo qui tra un'ora. Ti aspetto

Tra un'ora?!

Mi metto un paio di jeans a zampa di elefante e una camicia di flanella leggera e scendo a prendere Tito. Inserisco in Google Maps l'indirizzo che mi ha mandato sotto al messaggio e monto in sella. Il posto sembra essere un luogo in cui non sono mai stata verso Roma nord, fuori dalla città. Studio bene la strada indicata dal navigatore per non dovermi poi fermare a guardare il telefono e parto, con il motore che inizialmente borbotta sommessamente.

La destinazione è una via sterrata in mezzo al verde.

Che strano.

Parcheggio Tito e mi guardo intorno. Ho guidato per poco meno di mezz'ora, eppure sembra di non essere a Roma. Sono circondata da prati, in un'oasi verde surreale. Ci sono leggeri colli a perdita d'occhio, che definiscono l'orizzonte e circoscrivono questo luogo così rilassante. Capisco di non dover proseguire la caccia al tesoro: sono arrivata al maneggio di Eric.

Mi aveva parlato spesso di questo luogo, della sensazione di pace che gli procura ogni volta che lo raggiunge. Di frequente l'aveva paragonata a ciò che fa la pittura a me.

Pittura ed equitazione sono per noi un'ancora di salvezza in mezzo alla tempesta, il luogo in cui ci è possibile non vacillare, il punto in cui lasciare andare ogni pensiero o problema.

Mentre mi perdo a guardare la natura che mi circonda, non mi accorgo che Eric sta venendo verso di me. Sono così attratta dai fiori, dalle api, dalle farfalle, dai cavalli che corrono liberi oltre il maneggio che non sento la sua voce che si avvicina. Quando mi volto mi accorgo che non è da solo, bensì in compagnia di altri due ragazzi che lo scortano come bodyguard, uno alla sua destra, uno alla sua sinistra, tutti in tenuta da equitazione: stivali alti, pantaloni attillati e maglia bianca un po' sporca aderente al petto, i muscoli tesi in risalto.

Sembrano i tre moschettieri. *Tre sexissimi moschettieri.*

Vengono verso di me. Io mi sistemo al volo la camicia. Lo faccio spesso quando sono agitata.

«Eccola, la famosa Isabella!» dice uno dei due ragazzi che non conosco, capello lungo raccolto in un codino alto e occhi azzurri come il cielo.

«Finalmente ci conosciamo! Sai, Eric ci ha tanto parlato di te» aggiunge l'altro ammiccando. Lui è decisamente il più basso dei tre, ma le prime cose che si notano in realtà sono la miriade di lentiggini che costella il suo volto e la massa di capelli rossi. Potrebbe essere il mio gemello separato alla nascita.

Mi presento, cercando di non pensare troppo a quel «Ci ha tanto parlato di te», ed Eric mi bacia.

«Loro sono Marco» mi dice indicando il ragazzo alto «e Luca» continua facendo riferimento al secondo.

«I tre moschettieri!» dico per fare una battuta.

«Esattamente!» risponde Luca, simulando il gesto di chi sfodera una spada.

«Non combattiamo corpo a corpo ma sappiamo essere dei gran cavalieri» si accoda Marco.

Eric scuote la testa ridendo, poi mi mette il braccio sopra la spalla e mi accompagna verso il maneggio. Marco e Luca tornano a pulire i cavalli.

«Allora, che te ne pare? Come ti sembra qui?»

È la prima volta che realizzo che Eric ha una vita oltre l'università, la famiglia e me. Sembra una sciocchezza, ma avevo passato così tanto tempo a rivivere le emozioni del parco, del caffè, della fontana, della chiesa, del primo bacio, delle nostre prime settimane insieme, che mi ero dimenticata della sua vita al maneggio. Me ne aveva parlato più volte, è vero, ma non avevo mai visto Eric in tenuta da monta, se non su Instagram. Per questo quando cercavo di figurarmi i suoi amici, come potesse essere con loro, nella mia mente vedevo futuri avvocati romani, dalla camicia sempre stirata, il mocassino lucido e il viso lindo. Di certo, non ho mai pensato a tre ragazzi spensierati, con i capelli arruffati e sudati e gli stivali sporchi di fango e fieno.

«Me lo aspettavo più… elegante, diciamo.»

«È una nota negativa?»

«Oh no, anzi. Sono contenta di vederti libero, selvaggio e sporco di cacca di cavallo» gli rispondo tra il serio e il faceto.

«Come osi darmi dello sporco?» mi dice fingendo di essere offeso, mentre mi prende in braccio e si lancia su una balla di fieno, per poi cospargermi di fili secchi e farmi il solletico. «Vediamo ora chi è più sporco!»

Rido come una matta, quasi fino alle lacrime, nonostante il fieno mi pizzichi e mi dia fastidio alla pelle.

Quando Eric mi concede una pausa dal solletico, riprendo il discorso. «Sono felice di vederti così spensierato e senza la paura di nascondere quello che provi.»

«È la mia oasi di pace, Ginger. Qui non esistono mamma, papà, Victoria, gli esami, le leggi. Qui posso essere davvero me stesso» mi dice mentre mi carezza dolcemente il viso.

Il suo tono è serio, ma c'è una scintilla di gioco nei suoi occhi. Mi guarda intensamente e sento che l'aria intorno a noi è carica di un'elettricità palpabile.

Mi prende una mano e inizia a giocherellare con le mie dita, i suoi movimenti lenti e deliberati.

«Mi fa piacere che tu abbia deciso di venire» continua, la sua voce che si abbassa a un sussurro. «Non riuscivo a smettere di pensare a te» confessa.

Sento il mio cuore accelerare mentre lo guardo negli occhi.

«Anch'io» ammetto emozionata. «Eric, non so cosa stia succedendo tra noi, ma...»

Non finisco la frase perché lui si avvicina ancora di più, il suo respiro caldo sulla mia pelle. C'è una tensione, una forza magnetica che ci spinge inevitabilmente l'una verso l'altro.

«Shhh» dice piano. «Goditi il momento. Noi, qui, adesso.»

Ci guardiamo negli occhi, i nostri volti a pochi centimetri di distanza. Mi sento come se fossi sull'orlo di un precipizio, pronta a cadere. La tensione tra di noi cresce, i nostri corpi sono sempre più vicini, i respiri si mescolano. Le nostre labbra finalmente si uniscono in un altro indimenticabile bacio. Le mani scivolano sull'altro come se fosse una necessità primordiale, alla quale non vogliamo e non possiamo resistere. È come se il mondo intorno a noi fosse scomparso, lasciandoci soli in questo luogo bucolico perfetto.

Io lo lascio fare. Mi godo questo momento come se fosse l'ultimo. Mi lascio togliere il fieno dai capelli, mi lascio guardare, mi lascio amare. Ed è bellissimo.

«Alzati, ti voglio far vedere una cosa» mi dice dopo qualche minuto.

Scendo dalla balla di fieno, un po' delusa in realtà perché mi aspettavo altro, e lo seguo, mentre mi scrollo via gli ultimi residui di erba secca dai vestiti.

19

«L'arte o è plagio o rivoluzione.»
PAUL GAUGUIN

Eric mi prende per mano e mi porta in una piccola stalla in fondo al prato, lontana dalle scuderie principali. C'è un solo cavallo qui.

«Ginger, lui è Tango» annuncia.

«Ciao, Tango» gli dico sorridendo mentre mi avvicino per accarezzarlo. È un cavallo con un manto scuro e lucente che sotto il sole sembra seta. Gli occhi vigili, a valutare il mondo attorno.

«Come mai si chiama così?» domando a Eric.

«Perché quando si lascia cavalcare, con lui è come ballare un tango» mi dice mentre lo guarda con affetto. «Vuoi provare?»

«Provare cosa?»

«A montarlo, e vedere se è come ballare un tango.»

Oh cazzo, ma io sono un disastro negli sport.

«Eric, io non so nemmeno come si salga su un cavallo» gli confesso imbarazzata.

«Per questo ci sono qui io» mi rassicura.

Eric prende stinchiere, copertina e sella e prepara il cavallo.

Io lo guardo sciolta. È così premuroso. Ogni gesto è delicato, attento a non fare nulla che possa indispettire l'animale. Gli parla mentre lo prepara, come fosse un bambino che vuole far addormentare senza farlo piangere. Come è dolce quando è se stesso.

«Pronta?» mi dice strizzandomi l'occhiolino.

«Come si sale?»

Mi guida vicino al cavallo e si posiziona dietro di me, le sue mani ferme ma gentili sui miei fianchi. Un brivido attraversa tutto il mio corpo.

«Metti un piede qui,» dice indicandomi una staffa «e tieniti a me.»

Seguo le sue istruzioni, sentendo il calore delle sue mani attraverso i miei vestiti mentre mi aiuta a sollevarmi.

«Pronta?» mi chiede sussurrando vicino al mio orecchio, un attimo prima di darmi un bacio di incoraggiamento sul collo.

Potrei svenire qui, in una stalla.

«Pronta» rispondo io mentre carico il peso per salire, anche se in realtà non mi sento pronta affatto.

Una volta seduta in sella, Eric sale dietro di me, le sue braccia che mi circondano per afferrare le redini. Sento il suo petto contro la mia schiena, il suo respiro che mi sfiora l'orecchio.

«Stai tranquilla» mormora.

Il tono della sua voce mi tranquillizza.

«Lascia che ti guidi.»

Mentre Tango inizia a muoversi lentamente, sento il

corpo di Eric che segue ogni mio movimento. Il calore mi avvolge, facendomi sentire al sicuro. Il cavallo procede con grazia e io mi rilasso, fidandomi.

«È bellissimo» mormoro guardando il paesaggio che ci circonda.

«Sì, lo è» risponde Eric, e capisco che non sta parlando solo del panorama. La sua voce è bassa, quasi un sussurro, e posso percepire il suo sguardo su di me. Mi giro leggermente per fissarlo, il nostro contatto visivo è intenso e carico di emozione.

Sembra di essere in una favola della Disney.

«Da piccolo» mi confessa con la sua voce calma e profonda «passavo molto tempo qui con mio nonno, lui adorava i cavalli.» Un sorriso nostalgico gli illumina il volto. «All'inizio avevo paura. I cavalli sono animali imponenti e, a un bambino, possono sembrare enormi. Poi, però, c'è stato un momento, un giorno speciale, che ha cambiato tutto.»

«Che cosa è successo?» lo incalzo.

«Siamo arrivati qui molto presto al mattino,» continua, il suo sguardo che si perde nel passato «l'aria era fredda e c'era un silenzio speciale. Mi mostrò un puledro. Era così fragile e piccolo, eppure così pieno di vita. Mi disse che quel puledro sarebbe cresciuto con me, che avremmo imparato insieme. Era Tango, nato la notte prima.»

Sorrido e carezzo Tango, felice di conoscere questo altro spaccato di vita di Eric. Mi emoziona sapere che è legato a questo luogo e a questo cavallo per le sue storie d'infanzia e la sua famiglia, e non solo per lo sport.

Trottiamo ancora per una ventina di minuti mentre lui mi racconta delle sue prime gare, delle vacanze in Toscana con Luca e Marco, quando da piccoli passavano settimane intere in campi estivi dedicati solo all'equitazione. Me li descrive come i momenti più belli e liberi della sua vita e non ho difficoltà a credergli.

Quando il prato finisce, torniamo indietro verso la stalla, dove Eric mi aiuta a scendere e mi bacia. È un bacio più lungo del solito, devo stare di nuovo attenta a non svenire.

«Ora arriva la parte più divertente» mi dice.

Si avvicina a una manopola e da una canna dell'acqua parte un getto fortissimo che mi bagna tutta.

«Eric!» gli urlo fradicia. «Ma cosa fai?!»

«Ops! Forse avrei dovuto prima indirizzare il getto, poi far partire l'acqua» mi dice sogghignando.

Approfitto del suo momento di distrazione dovuto alla risata e gli rubo la canna. Lo bagno anche io dalla testa ai piedi, mentre Tango ci guarda divertito.

«Tiè, chi la fa l'aspetti!» gli grido mentre scappa fuori dal box.

Lui corre verso il rubinetto e fa cessare il getto d'acqua. Ritorna dentro, mi prende in braccio e come all'inizio si butta insieme a me su una balla di fieno.

«Pizzica tantissimo, Eric!» gli grido.

«Ma se non ho ancora cominciato a farti il solletico!» scherza lui.

Ci rotoliamo in tutte le direzioni, tra un bacio, una carezza e dei pizzicotti sui fianchi per provocare risolini.

«Sei fradicia, Ginger, dovresti metterti dei vestiti

asciutti» mi dice quando raggiungiamo un momento di tregua dai dispetti e dai baci.

«Non ho nessun cambio, Eric» gli rispondo.

«Ti presto io qualcosa» mi dice mentre va verso un ripostiglio a due passi da noi. Prende una maglietta bianca e me la porge.

Mi volto per nascondere il seno e tolgo la mia maglietta. Indosso la sua, profumata, larga e morbida e mi giro nuovamente verso di lui. L'acqua era freddissima e i miei capezzoli induriti si vedono come ciliegine su una torta che spuntano da sotto la maglia. Eric mi guarda e stavolta il suo sguardo è diverso, più intenso.

«Smettila, dai, non mettermi in imbarazzo più di quanto io lo sia già.»

Sorride senza smettere di fissarmi, poi risponde. «Non c'è bisogno di imbarazzarsi, G, siamo solo io e te» mi tranquillizza.

Chiude la porta del box e riprende: «Ecco, ora puoi togliere anche il resto, nessuno ti vedrà».

Mi porge i pantaloni e si volta. Sistema Tango e io mi giro per togliermi i jeans bagnati. C'è così tanto silenzio che si sente solo il rumore della mia zip che scende verso il basso.

«Posso darti una mano?» mi domanda a bassa voce rimanendo voltato.

Sento un brivido corrermi lungo la schiena e sono certa non sia per il freddo.

Annuisco, ma non mi vede.

«Certo che puoi» gli dico con dolcezza.

Eric si gira e viene verso di me, guardandomi come

ha fatto la prima volta al Giardino degli Aranci, come se fossi la creatura più bella che lui abbia mai visto.

Si avvicina e infila le mani sotto la mia maglietta, per abbracciarmi e toccarmi la pelle nuda della schiena.

«Posso?» mi domanda.

Questa volta annuisco e mi vede: non c'è bisogno di dire altro.

Mi sfila la maglietta e mi guarda.

Io mi sento sciogliere. Deglutisco, improvvisamente la mia bocca è totalmente asciutta. So perfettamente cosa accadrà: quello che sogno dalla prima volta che ho incrociato i suoi occhi.

Mi accarezza con l'indice la linea del collo e delle spalle, come a volerle ripassare o disegnare o scolpire nella mente. Poi passa alla vita, ai fianchi, e mi toglie anche i pantaloni. Mi bacia, e mi adagia nuovamente sul fieno. Pizzica come non mai, ma è tutto così bello che nemmeno me ne accorgo. Si toglie anche lui la maglietta, mostrando gli addominali che avevo sempre visto solo sporgere dai tessuti. È ancora più bello di come me l'ero immaginato. Si slaccia i pantaloni e toglie gamba per gamba, mentre io lo guardo ammirata ed eccitata. Si sdraia sopra di me e il calore del suo corpo mi fa dimenticare tutto il freddo che avevo sentito con l'acqua. Mi sento calda e rispettata e amata.

Prima di toccarmi i punti più delicati, Eric domanda ogni volta se ha il permesso di farlo. Nessuno aveva mai avuto così tanto riguardo verso il mio corpo e le mie intenzioni. Faccio lo stesso con lui, mentre le mie mani si avvicinano all'ultimo pezzo di tessuto che ancora separa i nostri corpi. Gli tolgo le mutande, mentre un brivido mi percorre la schiena, e l'attimo dopo lui fa lo stesso con me. Ci ritroviamo nudi, uno accanto all'altra, nel luogo che lui ama e dove mi ha fatta sentire una principessa. Mi bacia come fossi un'opera d'arte, con devozione e ammirazione. Lascia scorrere le sue labbra su tutta la mia pelle, toccando punti in cui nessuno era mai arrivato.

«Vuoi andare fino in fondo?» mi domanda.

Io annuisco.

Lui si alza per prendere delle protezioni e ritorna da me, riprendendo a baciarmi laddove si era interrotto. Mentre si prepara, bacio anche io ogni parte del suo corpo, senza fare eccezioni. Mi sento a mio agio col mio fisico e col suo e lui sembra apprezzare i miei gesti dolci e delicati.

Quando è pronto, allunga una mano per prendere una coperta lasciata accanto a noi e la stende sotto di me per evitare che il fieno ci dia fastidio e riprende a baciarmi.

«Sei pronta?» mi dice dopo qualche istante.

«Sì» rispondo. Questa volta voglio farmi sentire, non solo annuire.

Con un gesto deciso ma garbato, entra piano dentro di me. Sento il suo calore, il suo respiro, il suo movimento. Assecondo i suoi gesti e detto il ritmo. Questa volta sono io a tenere le redini. Mi muovo come una ballerina, a tempo, con gesti fluidi e distesi. Disegno circonferenze con il bacino, lo stringo. Sento i suoi gemiti, io seguo i suoi. I nostri battiti si sincronizzano, lo sento quando mi rannicchio e appoggio la testa sul suo petto, mentre lui continua a muoversi dentro di me. Ci giriamo e rigiriamo sulla coperta, mettendoci nelle posizioni che più ci permettono di connetterci. È tutto così emozionante che senza rendermene conto vengo, ancora prima che lo faccia lui.

Ci guardiamo intensamente negli occhi quasi a voler entrare anche con lo sguardo uno dentro l'altra. Cambiamo nuovamente posizione, questa volta lui si siede sulla coperta, io mi avvolgo su di lui. Per farlo ci siamo dovuti staccare un attimo ma la voglia di sentirci ci fa muovere con impazienza. Mi metto a cavalcioni su di lui, gli occhi sempre connessi, con una mano l'aiuto a entrare nuovamente dentro di me mentre con l'altra gli accarezzo il viso.

Lo sento stringermi con veemenza, spingere dentro di me aumentando sempre più il ritmo ma stando attento a non farmi male e infine venire, il viso sul mio collo e le mani a tenermi stretta. Geme profondamente, con un suono gutturale che quasi sembra il ruggito di un leone. Mi fa venire una seconda volta. Poi si accascia su di me e mi tiene stretta al suo petto. Le mani mi accarezzano i capelli, la schiena, il viso e la testa. Siamo sudati e affaticati, ma senza dubbio felici. Infine, mi sdraio accanto a lui e mi metto sul fianco sinistro, mentre il braccio destro gli cinge il petto. Lo bacio sulla spalla e gli sussurro «Grazie».

Lui mi guarda e mi risponde «Ti amo».

Lo stringo forte ma non riesco a dire null'altro.

Il sole del primo pomeriggio filtra attraverso le fessure della stalla, creando giochi di luce e ombra sul fieno sparso attorno a noi. Mi sento sopraffatta da un miscuglio di emozioni. La gioia di essere così intimamente legata a Eric, di sentire il suo corpo e la sua anima così vicini ai miei è travolgente. Il calore della sua pelle contro la mia, il modo in cui mi guarda, come se fossi l'unica cosa che conta, mi riempiono di una felicità pura e luminosa che non avevo mai provato prima di questo momento.

20

«Il colore soprattutto, forse anche più del disegno , è una liberazione.»

HENRI MATISSE

Ci risvegliamo di soprassalto nella stalla, l'aria fresca che oramai penetra tra le assi di legno e raggiunge i nostri corpi nudi. Mi strofino gli occhi, cercando di orientarmi mentre Eric si alza, lo sguardo già all'erta quando sentiamo Tango nitrire. Eric si è scordato di dargli da mangiare dopo la cavalcata.

Ci rivestiamo veloci e ci rimettiamo in sesto, cercando di rimuovere i fili di paglia tra i capelli.

Indosso la sua maglietta e i suoi pantaloni e mi metto a ridere perché lo stesso paio che a lui va attillato, a me va larghissimo, tanto che sembra un paio di pantaloni alla zuava.

«Che sexy!» mi dice Eric ironico.

Io gli faccio una linguaccia e lo aiuto a nutrire Tango. Gli diamo una «paletta» da due chili di mangime, che tanto «etta» non mi pare, e rimettiamo a posto la coperta.

D'un tratto, sentiamo dei passi avvicinarsi alla stalla. I nostri sguardi si incontrano per un momento di panico, prima che la porta si apra di colpo. Luca e Marco entrano ignari di tutto, chiacchierando animatamente.

Io ed Eric ci guardiamo con gli occhi strabuzzati. C'è mancato pochissimo che ci beccassero nudi sul fieno.

Eric dà una bella pacca a Tango, come per ringraziarlo per aver nitrito e averci svegliati, e saluta gli amici.

«Eccovi! Vi eravate imboscati?» ci domandano con fare ammiccante, non appena si accorgono dei nostri capelli scompigliati.

Noi dissimuliamo. «No, abbiamo solo chiuso la porta perché dovevo cambiarmi e non volevo che nessuno mi vedesse» spiego io.

A quanto pare, però, i due non abboccano. «Va beh, piccioncini, non vogliamo sapere altro. Stavamo andando a prenderci una birra e volevamo sapere se avete voglia di unirvi» dice Marco.

«A una birra non si dice mai di no!» esclama Eric rispondendo per entrambi.

Io mi accodo alla sua risposta e recupero la mia borsa e i miei abiti ancora umidi. Controllo di avere il portafogli per pagare e do un'occhiata al telefono. Due chiamate perse di Stefi e millemila messaggi.

Pianeta Terra chiama Isaaaaa, dove sei? Che fine hai fatto, perché non mi rispondi????

È sempre melodrammatica quando scrive su whatsapp. Le rispondo che sono con Eric e le chiedo se ha bisogno.

lo no ma tu sìì, domani c'è l'esameeeee! Sbrigati! Vieni in uni che ripassiamo insieme daiiii ♥♥♥♥♥♥♥♥♥♥♥

Stefi ha ragione, devo riacquistare il senno e raggiungerla per ripassare. Spiego ai ragazzi la situazione e chiedo a Eric di accompagnarmi al motorino per raggiungere Stefi in accademia.

«Eddai, Isa, non andare via subito!» insiste Marco.

«Ti rubiamo solo cinque minuti» ci prova anche Luca.

«Ragazzi, se Isa ha un esame domani è più importante quello, la birra la si può bere un'altra volta» interviene Eric a difendermi.

Ce la farei anche da sola, ma è bello sapere che sta dalla mia parte e mi sostiene, anche se i suoi amici non sono d'accordo.

Li saluto e io e lui andiamo verso Tito.

«Grazie, per questa giornata, Eric» gli dico sinceramente.

«Grazie a te, Ginger, di tutto.»

«Potrei ammettere che inizia a piacermi questo soprannome.»

«Non avevo dubbi.»

«Solo perché sei l'unico a chiamarmi così.»

«Lo so» conclude mentre mi abbraccia.

Ci diamo un ultimo bacio frettoloso mentre infilo il casco e volo rapida verso l'università.

Appena raggiungo Stefi, vengo travolta da mille domande, come in una valanga di parole in alta quota.

«Isa, grazie al cielo sei qui! Non capisco alcuni appunti che ho preso. Perché a un certo punto il prof ha detto che Bernini si rifà ai modelli alessandrini? Cosa vuol dire? E a che statua fa riferimento? Non riesco a leggere nemmeno la mia scrittura, va troppo veloce quel prof quando spiega!»

Stefi parla a raffica e mi riempie di domande, ancora prima che io le possa dire ciao. Provo a calmarla. «Ora riguardiamo insieme gli appunti, non ti preoccupare. Prendi un bel respiro profondo e rilassati.»

Per fortuna, tutto questo l'aiuta: non avrei avuto altri assi nella manica.

Ripassiamo insieme e dopo un'ora Stefi si accorge dei miei vestiti. «Ehi, ma che sono quei pantaloni? Dove li hai presi? Sono persino peggio della gonna blu» mi dice disgustata.

«Sono di Eric, Stefi. Me li ha prestati.»

«E perché? Tu non ne hai abbastanza?»

«Ci siamo bagnati e non avevo un ricambio.»

«Ok, mi sa che qui mi sono persa qualcosa di grosso. È ora di fare una pausa» decide.

Usciamo dall'aula e andiamo alle nostre solite macchinette degli intervalli. Prendiamo un caffè e le racconto cosa è appena successo. Non tralascio nessun dettaglio: Stefi è la mia migliore amica, non censurerò mai i racconti.

«Hai capito la ragazza!» mi dice quando finisco di narrarle il tutto. «Il principe azzurro con la spada lunga» mi dice ammiccando.

«Smettila, Stefi!» la ammonisco tirandole una pacca sul braccio e facendole uscire del caffè dal bicchierino.

«Ahi! È scottante come il tuo racconto!» ribatte.

È incredibile come Stefi riesca sempre ad avere la battuta pronta.

«Bene, ora torniamo in aula. Mi sa che per oggi hai cazzeggiato abbastanza» mi rimprovera come il grillo parlante di Pinocchio.

La seguo e riprendiamo a studiare. Non voglio andare male al primo esame di questa sessione. Sono sempre un'alunna che può frequentare l'accademia grazie a una borsa di studio: non posso permettermi di perderla. Mamma e io non potremmo pagare la retta senza l'aiuto di questa. Devo impegnarmi e tenermela stretta.

Studiamo altre due ore, poi ci avviamo verso casa.

«Quindi ora tocca a noi conoscere lui, giusto?» domanda Stefi.

«Direi di sì. Gli chiederò di organizzare qualcosa appena finiamo l'esame.»

«Mi sembra un'ottima idea. Anche perché pure io non riesco più a mantenere il segreto. Presentalo a tutti, perché non so per quanto ancora sarò in grado di non spifferare nulla al resto del gruppo.»

«A chi lo dici. Secondo me, a questo punto le acque sono calme e per Eric non ci sarà nessun problema se dirò la verità agli altri.»

«Sarebbe anche l'ora» commenta Stefi.

Ci salutiamo con un abbraccio e ognuna torna a casa propria.

Mamma Patty mi aspetta con il polpettone pronto in tavola: da quando ho iniziato l'accademia, è tradizione mangiarlo la sera prima di ogni esame. Ha sempre portato bene, quindi perché smettere? La ringrazio per essersene ricordata e ceniamo insieme.

Prima di mettermi a dormire, controllo il telefono per vedere se Eric mi ha scritto per augurarmi buona fortuna per l'esame, ma non ci sono messaggi. Si sarà dimenticato, ma non è un problema: oggi è stato bellissimo e questo basta.

Mi addormento, mentre i ricordi delle sue carezze sulla mia pelle si mescolano alle linee delle statue che devo sapere per domani.

21

«Per arrivare all'alba non c'è altra via che la notte.»

KHALIL GIBRAN

«Isa, muoviti, non fare tardi all'esame!»

Mamma mi toglie le coperte di dosso l'attimo prima che suoni la mia sveglia. «Mannaggia a te, quando imparerai a cavartela da sola? Non ci sarò sempre io a ricordarti cosa devi fare!» borbotta, senza nemmeno fare caso alla sveglia che nel frattempo inizia a squillare.

Mi alzo, bevo una tazza di tè nella quale intingo il mitico ciambellone alle nocciole di mamma e mi vesto, con l'ansia che sale come ogni volta prima di un esame. Sarà scritto, quindi posso anche non truccarmi, come invece sono solita fare quando l'esame è orale e voglio presentarmi bene. Recupero gli ultimi appunti ed esco.

Arrivo in accademia con l'ansia che mi attanaglia lo stomaco. Mentre percorro il corridoio verso l'aula, mi sforzo di concentrarmi sui dettagli del programma, ripassando mentalmente. Mannaggia, mi sembra di non ricordare nulla.

Il rumore dei miei passi riecheggia nel corridoio, quando improvvisamente incrocio Valentina e il suo gruppetto di amiche. Ridono, parlano a voce alta. Cerco di evitarle, ma sento i loro occhi su di me. Alzo lo sguardo e incrocio quello freddo e tagliente di Valentina, e per un attimo ho il dubbio che sappia di me ed Eric. Le avrà detto lui della nostra storia? Avrà scoperto qualcosa lei da sola? Siamo stati molto attenti, quasi paranoici nella nostra discrezione, eppure il dubbio mi assale, rendendo l'ansia ancora più atroce.

Quando raggiungo finalmente l'aula d'esame, so già dov'è Stefi. Si mette sempre sotto le finestre, ha bisogno di aria fresca per scongiurare attacchi di panico durante il test. La raggiungo, mentre vedo anche Alex che cerca di farsi strada tra gli studenti per cercare un posto vicino a noi. Mi sento un po' in colpa, gli avevo promesso che avremmo studiato insieme ma sono praticamente sparita. Dovrò pensare a un modo per farmi perdonare dopo l'esame. Ci scambiamo un sorriso di incoraggiamento e un sincero «in bocca al lupo» e il professore fa il suo ingresso in aula. Ci diamo le ultime dritte e affrontiamo l'esame.

Sono seduta, la penna tra le dita, lo sguardo fisso sul foglio.

Cazzo, è molto più difficile del previsto.

Pensavo che il prof avrebbe fatto domande sugli argomenti affrontati in classe, invece il test è pieno di quesiti su libri di cui io ho letto solo il riassunto online.

Sono una cretina. Ho preso questo corso sottogamba e ora ne pago le conseguenze.

Stefania e Alex, seduti vicino a me, sembrano immersi nei loro compiti, concentrati. Li guardo di nascosto, invidiando la loro sicurezza e la loro capacità di affrontare le sfide con determinazione.

Per me è tutto il contrario. Ogni domanda che leggo sembra un enigma irrisolvibile, un puzzle complicato che non riesco a capire. Mi rendo conto che sto perdendo minuti preziosi. La disperazione mi paralizza.

Provo a rispondere alle domande, inventando pur di non lasciare in bianco, ma sono parecchio insicura. Consegno il foglio alla fine delle due ore mentre dentro mi maledico.

Esco dall'aula e Stefi e Alex sono tranquilli. A quanto pare, per loro che hanno studiato come si deve, il test non era poi così difficile. Ci confrontiamo un po', dopodiché li saluto. Sono molto amareggiata e voglio fare quattro passi da sola per far andare via la rabbia che provo nei confronti di me stessa.

Cammino verso casa e capisco che ci sono altri pensieri che mi agitano. Dopo il pomeriggio al maneggio, non ho più avuto notizie di Eric. Speravo si sarebbe ricordato di augurarmi buona fortuna per l'esame, ma non è andata così. La chat è rimasta allo stesso punto della nostra conversazione di ieri mattina. Controllo che non mi abbia scritto mentre sostenevo l'esame, ma nulla, non ci sono altri messaggi.

Decido di fare io il primo passo.

Ehi, moschettiere ♥ quando ci vediamo?
L'esame non è andato molto bene e avrei bisogno di un abbraccio ♥

Forse è patetico, ma ho bisogno di supporto. Vorrei sapere che posso contare su di lui.

Vago ancora per una buona mezz'ora per la città, ma il nervosismo non passa. Allora torno in accademia, recupero Tito e torno a casa per dipingere. Se Eric non si fa vivo, mi sfogherò così: è l'unica cosa che mi può aiutare in questo momento.

Mentre traccio linee e coloro occhi, nasi e bocche, controllo continuamente il telefono. Voglio che Eric mi risponda, così da poterci incontrare e avere un po' di sollievo, però le ore passano e lui non si fa vivo. Quando sento mamma dire che la cena è pronta, comincio a preoccuparmi. È oramai sera e non ho ricevuto ancora nessun messaggio da lui.

Sarà successo qualcosa?

Decido di non allarmarmi prima del dovuto e raggiungo mamma in cucina. Mangiamo gli avanzi del polpettone di ieri sera, mi sorbisco la sua ramanzina per l'esame andato male, poi mi rifugio in camera.

Di Eric ancora nessuna traccia.

Gli scrivo di nuovo.

Va tutto bene? È successo qualcosa?

Mentre attendo una sua risposta, apro la chat del gruppo. Mancano pochi giorni al fine settimana e tutti si stanno organizzando per la gita a Ostia. Mi metto in pari con i messaggi che non avevo ancora letto, rispondo e torno come al solito alla mia serie tv.

A mezzanotte ancora tutto tace.

Cosa dovrei fare?

Di andare a casa sua non mi sembra il caso, riempirlo di messaggi e telefonate nemmeno. Potrei provare a scrivere su Instagram a Marco oppure a Luca, ma anche questo sarebbe da ragazza assillante. Cerco di mettere a tacere le mie preoccupazioni e di addormentarmi senza essere troppo agitata.

Alle due, però, sono ancora sveglia. Controllo per l'ennesima volta il telefono, ma di Eric ancora non ci sono notizie.

Avanzo mille ipotesi nella mia mente ma nessuna è plausibile. Perché dovrebbe essere arrabbiato dopo la giornata stupenda che abbiamo passato al maneggio? Mi sembra davvero poco plausibile, ma mi aggrappo a questa idea perché non voglio pensare al peggio.

Scrivo a Stefi per avere un po' di supporto, ma il messaggio non parte. Su WhatsApp compare solo una spunta, segno che la mia migliore amica ha già messo il telefono in modalità aerea per non essere disturbata mentre dorme ed è nel mondo dei sogni. Spero di svegliarmi domattina con il cellulare pieno di buone notizie e di non aver bisogno dell'aiuto di nessuno.

22

«Non far caso a me. Io vengo da un altro pianeta. Io ancora vedo orizzonti dove tu disegni confini.»

FRIDA KAHLO

Sono passati due giorni e di Eric ho avuto solo vaghe notizie. Ha risposto ai miei messaggi in modo schivo e freddo e non so il perché. L'altro pomeriggio al maneggio è stato tutto bellissimo, perciò proprio non capisco il suo comportamento.

Abbiamo corso troppo? Dovevamo aspettare? Oppure, ancora peggio, ha avuto dei ripensamenti e sta meditando di tornare con Valentina perché si è reso conto che siamo troppo diversi?

Realizzo che Eric è come un'ombra nella mia vita, un'ombra che a tratti scompare e poi ricompare all'improvviso, lasciandomi sempre più confusa. Ogni volta che sembra esserci un momento di stabilità, sparisce, e io resto sola con le mie insicurezze. Il nostro rapporto è una miscela di amore e frustrazione che mi tiene sveglia la notte, più di quanto dovrebbe fare una relazione sana.

Stefi dice che devo stare tranquilla. Secondo lei, visto che siamo sempre stati bene insieme, non c'è nulla di cui dovrei preoccuparmi. Probabilmente avrà qualche problema a casa e non vuole coinvolgermi o intaccare la nostra relazione.

Con Sofi, Cris, Alex e Chiara non mi confido perché non voglio complicare la situazione più di quanto già lo sia. Devo rimboccarmi le maniche e trovare il modo di parlare con lui. Se ha qualche problema, ne possiamo discutere, non ha senso che si chiuda o che mi tagli fuori dalla sua vita in questo modo.

Raggiungo Stefi in aula, ma mi riprometto che, finita la nostra sessione di studio, raggiungerò Eric fuori dalla sua università per fermarlo e parlare. È una vera fortuna che i nostri calendari accademici non siano sincronizzati, così, dato che le sue lezioni andranno avanti fino alla fine del mese, saprò dove trovarlo.

Spiego il mio piano a Stefi e lei approva. Mi chiede solo di evitare di fare la scena madre. Sa che, quando sono particolarmente arrabbiata, non mi controllo e urlo senza nemmeno rendermene conto, e sa anche che l'ultima volta lui è stato parecchio aggressivo nei miei confronti.

Come previsto, Eric è fuori dall'edificio di Giurisprudenza, alla fine delle ore di diritto penale. Una volta mi ha confessato che questa materia lo interessa molto e il modo concitato in cui chiacchiera con i colleghi non fa che confermare quella sua ammissione.

Mi avvicino e questa volta sembra non arrabbiarsi, anzi, è lui a salutarmi per primo.

«Ciao, Ginger!»

Buon segno se mi chiama così davanti agli amici.

«Ciao, Eric» gli rispondo. «Possiamo parlare?» aggiungo.

I suoi amici strizzano le labbra, in un'espressione che sembra comunicargli «Buona fortuna, fratello».

Lui annuisce, saluta il gruppo e si allontana con me.

«Che succede?»

«Non lo so, dimmelo tu.»

Lui mi guarda con aria confusa.

«Non vorrei essere così passivo-aggressiva, ma si dà il caso che sono giorni che sei evasivo e tieni le distanze senza darmi una spiegazione.»

«Non mi sembra.»

«Non ti sembra?»

Mi sta prendendo in giro?

«Eric, l'ultima volta in cui ci siamo visti abbiamo fatto l'amore, dopodiché sei sparito. Cosa dovrei pensare?»

«Nulla, che sono stato impegnato.»

«Ok, ma avresti potuto avvisarmi. Ero preoccupata.»

«Non è che ti devo avvisare di ogni cosa che faccio.»

«Non è quello che ti sto dicendo.»

«E allora qual è il problema?»

«Che non capisco com'è che un giorno mi ami alla follia e un altro è come se per te non esistessi.»

«Eravamo al maneggio, Isa, è diverso.»

«Quindi se siamo lì ti lasci andare e mi ami, altrove ti chiudi e metti in pausa le tue emozioni?»

Non risponde.

«Cosa devo fare perché tu possa sentirti a tuo agio con me in tutte le altre situazioni?»

Non risponde neanche questa volta.

Mi giro sconsolata verso il motorino, con l'impulso di lasciarlo lì da solo in mezzo agli amici che ancora ci fissano, quando mi viene un'idea.

«Senti, proviamo così.»

«Così come?»

«Vieni a cena da me. Stasera.»

Eric sembra considerare l'idea.

«Con tua mamma?» domanda.

«Con mia mamma» rispondo.

Non posso dare altra risposta che questa: viviamo insieme, è escluso che le chieda di uscire.

«Va bene» mi risponde contro ogni pronostico.

Non so come reagire, non mi aspettavo avrebbe detto di sì. «Perfetto» confermo subito, prima che possa cambiare idea. «Ci vediamo da me alle otto, allora. Poi ti scrivo l'indirizzo.»

Gli do un bacio a stampo veloce e scappo prima che possa ribattere. Forse siamo sulla strada giusta.

Appena arrivo a casa, avviso mamma. Alle prime cinque parole è sotto shock. Continua a ripeterle, come se non le avesse comprese bene.

«Viene – un – ragazzo – a – cena» scandisce bene come per razionalizzare. «Aspetta, tesoro, prendiamoci un tè» mi dice.

Ha bisogno di sedersi e parlare. Ci sono trenta gradi fuori, ma se ha bisogno di riflettere, per lei non è mai troppo caldo per un tè. Armeggia in silenzio per qualche minuto con pentolino, tazze, bustine e zucchero, poi esplode come un vulcano con una miriade di domande.

«Ma chi è? Lo conosco? È Alex? Frequenta il tuo corso? Vi siete già baciati? Lo ami? Lo vuoi sposare?»

È un fiume in piena.

«Calma, mamma, è solo una cena.»

«Sì, ma ho bisogno di sapere com'è questo ragazzo! Chi è, cosa c'è tra voi, come mi devo comportare... Non me lo puoi dire così all'ultimo!»

«Non ti agitare, mamma, è un ragazzo a posto. Viene da una famiglia della Roma bene in realtà, ma lui è uno tranquillo.»

«È uno tranquillo» si ripete annuendo e sorseggiando.

Le do il tempo di digerire il tutto.

«Quindi cosa devo preparare?»

«Una normalissima pasta andrà bene, mamma, non ti preoccupare.»

«Una normalissima pasta andrà bene, mamma, non ti preoccupare» ripete ancora, facendo dondolare la testa con lo sguardo fisso sul tavolo.

«Bene!» le dico per risvegliarla dalla trance. «Allora io vado a fare una doccia, poi ti aiuto a preparare» aggiungo.

Lei annuisce, mangia un biscotto e si riprende. Mi guarda negli occhi e mi dice: «Che bello, Isa. Era ora».

Scuoto la testa ridendo e abbandono la cucina.

Il pomeriggio trascorre caotico. Mamma si aggira freneticamente da un angolo all'altro della cucina, controllando pentole, assaggiando salse e cercando di ricordare dove ha messo il sale, che ovviamente è nello stesso scaffale da oltre dieci anni. Mi fa ridere, ma non la prendo in giro, apprezzo davvero molto il suo impegno.

«Non c'è bisogno di agitarsi tanto» cerco di tranquillizzarla. «Eric ti troverà fantastica.»

Lei mi dà un buffetto sulla guancia e mi chiede aiuto. «Potresti tagliare queste melanzane, per favore? E assicurati che siano tutte della stessa dimensione.»

Annuisco ed eseguo, cercando di fare del mio meglio per rispettare le sue istruzioni.

«Cos'hai in mente?»

«Sto facendo il mio piatto preferito, le melanzane alla parmigiana» risponde soddisfatta. «E per dessert, una torta al cioccolato» aggiunge fiera.

«Giusto, chi non ama la torta al cioccolato?» concludo io.

Alle sette suona il citofono.

Eric è arrivato un'ora prima del previsto.

Apro la porta e gli urlo dalla tromba delle scale che piano raggiungere. L'audio del citofono non funziona da anni oramai e l'ascensore si è rotto a inizio mese.

Arriva con un po' di fiatone e con una vaschetta di gelato in mano.

«Sei in anticipo» gli dico, lasciando sottintendere che non ero pronta a riceverlo.

«Sono venuto prima per dare una mano a preparare» mi comunica, sorridente e fiero della sua decisione (presa senza consultarmi).

«Ciao, Eric!» urla mamma dalla cucina. «Entra pure!» aggiunge, come se non ci fossi io all'ingresso a dirglielo.

«Mamma è agitata perché sei qui, se fa strane uscite, non farci caso» lo avviso.

«Nessun problema, è comprensibile» risponde. Varca la soglia, mi dà un bacio e mi chiede dov'è la cucina.

«Non ci sono molte opzioni. Non farai fatica a trovarla.»

Si mette a ridere, si guarda intorno e vede subito dov'è.

«Non mi presenti la mamma?» mi domanda.

Lo prendo per mano ed entriamo in cucina.

«Buonasera, signora Moretti.» Ci pensa da solo a presentarsi.

«Oh, Eric, benvenuto! Chiamami pure Patty!» dice mamma arrossendo. «Stavo cucinando, non ero pronta al tuo arrivo» si scusa, strofinandosi la mano unta in uno straccio, prima di porgergliela.

«Sono venuto apposta in anticipo per aiutare a preparare» dice lui.

«Oh, ma che gentile che sei!» esclama mamma facendomi l'occhiolino.

Io metto la vaschetta di gelato nel freezer ed Eric pensa a portare avanti la conversazione.

«Non le hai detto che mi piace cucinare, G?»

«G?» interviene mamma.

«G di Ginger, signora Moretti. È il soprannome che le ho dato per via dei suoi bellissimi capelli rossi.»

«Oh, che carino!» esclama lei portandosi le braccia al cuore. «Ma chiamami Patty, te l'ho già detto» aggiunge sorridendo.

Eric si rimbocca le maniche, indossa uno dei grembiuli che aveva visto appesi dietro alla porta della cucina e si mette ad aiutare mamma. Io li guardo lavorare e mi godo questo momento. Che bello vedere che c'è intesa fra loro. Sembra che Eric sia stato qui mille volte e che mamma lo conosca da quando era piccolo. Mi dimentico di tutte le tensioni degli ultimi giorni.

Chiacchieriamo per un'oretta, mentre Eric di tanto in tanto osserva i quadri appesi alle pareti. «Questi sono bellissimi» dice, soffermandosi di fronte ad alcune vedute marine. «Chi li ha dipinti?» chiede subito dopo.

Mi avvicino a lui, cercando di vedere i quadri attraverso i suoi occhi. «Sono tutti di mia madre» rispondo con un pizzico di orgoglio nella voce. «Ha sempre avuto una passione per il mare. Dice che dipingerlo le dà pace.»

Eric annuisce, tornando a osservare i dipinti. «Capisco perfettamente. C'è qualcosa di magico nel mare, qualcosa che ti fa sentire sia piccolo che infinito allo stesso tempo.»

Annuisco anche io, è esattamente quello che dice sempre mamma.

Finalmente, dopo gli apprezzamenti per i quadri e un piccolo tour della casa, ci mettiamo a tavola.

«Sai, Patrizia, anche mia sorella adora l'arte come te e Isa» dice Eric appena la cena è servita.

«Che bello! Io sono stata un'artista in una delle mie tante vite precedenti» risponde mamma.

Eric la invita a raccontare di più, ma lei arrossisce in

modo vistoso e svia la domanda. «Dimmi di più di tua sorella, piuttosto. Studia Giurisprudenza come te?» domanda.

«Oh no, Iris è alle elementari. Non sa ancora cosa farà da grande.»

«Tu invece lo sai?»

«Sì, io purtroppo ho il futuro già deciso.»

«Ah sì?» intervengo io.

«Beh, sì, non posso scostarmi dai piani dei miei.»

«E cos'hanno deciso, di grazia?» domando, iniziando a innervosirmi.

«Che a settembre andrò a Parigi per un master di un anno in Diritto internazionale.»

Devo aver capito male.

«In che senso Parigi?» domando sconcertata.

Ci deve essere qualche università a Roma con questo nome che non conosco. È plausibile, mi occupo di arte, non di legge.

«I miei conoscono il rettore di un'università prestigiosa in Francia. Sono riusciti a farmi ottenere un posto e non posso permettermi di rifiutare.»

A tavola cala il silenzio.

Mamma ha capito che non ne sapevo nulla e che sono rimasta spiazzata dalla notizia. Ritira i piatti vuoti e si rifugia in cucina, capendo che è meglio lasciarci soli.

«Scusa, e cosa aspettavi a dirmelo?» gli domando appena lei esce dalla stanza.

«La risposta di ammissione al master è arrivata solo ieri.»

«Beh, comunque potevi trovare il modo di dirmelo. Nemmeno sapevo che avevi fatto domanda per Parigi.»

Prendo i piatti del dolce e li riporto in cucina. Non credo lo mangeremo.

«Sei arrabbiata?» mi chiede appena torno.

«Direi di sì. Non era quello che avevo preventivato per noi.»

«Stiamo insieme da poco tempo, Isa. Mi sembra eccessivo parlare già del nostro futuro o ipotizzare che io possa cambiarlo per te.»

«Non ho detto questo. Solo, speravo me l'avresti detto.»

«E quando?»

«Non durante la prima cena con mia madre.»

«Non volevo rovinarla. Pensavo che saresti stata felice.»

«Di sapere che te ne andrai?»

«Di sapere che potrò avere un buon futuro.»

Non ribatto. Bevo un sorso d'acqua e cerco di calmarmi. A quanto pare, però, non serve a molto.

«Non ti è neanche mai piaciuta Giurisprudenza» lo provoco.

Lui mi guarda con le sopracciglia alzate. «Scusami?»

«Dai, non mentire. Hai fatto legge solo per non litigare con i tuoi, ma non è mai stato quello che avresti voluto fare davvero.»

Eric ci mette un po' a ribattere. Sa che in fondo ho ragione.

«Quindi ora mi conosci più di quanto io conosca me stesso?»

«Questo non lo so, ma so che è ora che tu prenda le tue decisioni invece che seguire quelle dei tuoi.»

La conversazione si interrompe e mamma rientra per salutare.

«Ragazzi, io mi ritiro in camera, sono molto stanca. È stato un piacere conoscerti, Eric, spero di rivederti» gli dice mettendogli una mano sulla spalla.

Lui si alza e la ringrazia stringendole la mano.

Mamma va in camera da letto e noi rimaniamo nuovamente soli.

«È meglio che tu vada, Eric» gli dico senza guardarlo negli occhi.

Lui non prova nemmeno a farmi cambiare idea. «Va bene» mi dice. «Scusami» aggiunge a testa bassa.

Recupera la giacca, mi implora con lo sguardo e, dato che non reagisco, va via.

La porta si chiude alle sue spalle e io rimango sola.

Appena sento chiudersi il portone in fondo alle scale, mi accascio con le spalle al muro. Non so come reagire. Una parte di me vorrebbe rincorrerlo e risolvere, l'altra rimane seduta inerme, senza le forze per ripararsi dalle mille domande che piovono a catinelle nella mente.

Cosa sono stata io per Eric in queste settimane? Una parentesi estiva prima della sua nuova vita in un'altra nazione? Un passatempo? E, soprattutto, come ha potuto non dirmi nulla? È questa tutta la considerazione che ha per me?

Le lacrime mi iniziano a scorrere sulle guance e il petto è scosso dai singhiozzi. Mi sento tradita.

Inizio a capire perché è stato vago e assente durante la settimana. Probabilmente non mi ha neanche pensata. Il pomeriggio al maneggio per lui non ha significato nulla, così come il resto dei nostri momenti insieme. Forse nemmeno io significo nulla per lui.

Avrei dovuto dare ragione a Stefi fin dal principio.

23

«La posizione dell'artista è umile. È essenzialmente un canale.»

PIET MONDRIAN

«Giuro che se questo esame è difficile come l'ultimo, buco le gomme dell'auto al professore.»

A quanto pare, anche a Chiara lo scorso esame è andato male e non l'ha presa molto bene.

«No, dai, questo dovrebbe essere più facile, c'era meno materiale da studiare» ci conforta Alex.

Siamo tutti fuori dall'aula in attesa di poter entrare. Questo è il secondo esame scritto della sessione, ovvero la mia chance di dimostrare che so studiare e che mi merito di avere una media alta come nel primo semestre.

«Se lo passiamo tutti, il primo aperitivo a Ostia lo offro io» promette Cristian.

«L'hai detto!» ribatte Stefi prima che Cris possa ritirare la sua promessa.

Quando l'assistente fa cenno di entrare, ci diciamo l'ultima volta in bocca al lupo e facciamo ingresso in aula in religioso silenzio.

Questa volta, fortunatamente, il test mi sembra più facile. Alex aveva ragione. Rispondo senza ripensamenti alle domande a scelta multipla e mi dedico alle domande aperte. A scrivere non sono brava come a dipingere, quindi ho bisogno di più tempo per formulare le frasi in modo elegante.

Ogni tanto alzo gli occhi e vedo che anche gli altri sono tranquilli. Non c'è nessuno che gira e rigira le pagine del test con agitazione o che fissa il vuoto con fare sconsolato: non sono l'unica a trovarlo fattibile.

Dopo l'esame, ci prendiamo un caffè al bar davanti all'accademia mentre ci confrontiamo sulle risposte, poi ognuno torna a casa.

Il lavoro però per oggi non è finito. Tra due giorni ci sarà il terzo e penultimo esame e non c'è tempo per cincischiare. Mangio un piatto di ravioli veloce con mamma e torno a studiare. La mia cameretta è un disastro perché non la sto curando in questi giorni, ma la lascio così: me ne preoccuperò quando avrò finito la sessione.

Apro i libri ed evito di guardare il telefono. Sono certa che Eric mi abbia scritto ancora, ma proprio non mi va di rispondergli. È da giorni che continua a mandarmi messaggi, ma non ho intenzione di parlare con lui. Sono ancora molto arrabbiata per l'altra sera e ci vorrà più di qualche messaggio sdolcinato per farsi perdonare. Se mi tagli fuori così dalla tua vita, non si risolve tutto con una parola di scuse.

Mentre ripasso le ultime cose, però, il telefono non smette di vibrare. Provo a non farci caso, ma diventa impossibile concentrarmi. Lo prendo esasperata e vedo che i mille messaggi che hanno interrotto il mio studio arrivano dalla chat di gruppo, non da Eric. È Stefi che insiste perché ci prendiamo mezzo pomeriggio per svagarci.

Dai, raga, abbiamo tutto domani per ripassare. Perché non andiamo ai Musei Vaticani per staccare un attimo? In fondo sempre di arte si tratterebbe ☺ Ho dei biglietti per oggi che mia madre aveva preso per mio fratello e i suoi amici ma oggi non possono andare

Anche se è passata solo un'ora, sono già stufa di stare in casa sui libri, per cui accetto il suo invito. Chiara e Sofi seguono a ruota, Alex e Cris declinano l'invito. Poco male: sarà un pomeriggio fra donne.

Ci troviamo fuori dal museo.

Visto che le ore sono poche e le gallerie infinite, ci dirigiamo direttamente verso le opere che ci interessano, senza perderci a guardare le mille meraviglie che costellano le stanze del museo.

Chiara insiste perché andiamo subito a vedere il *Laocoonte*, il suo gruppo scultoreo preferito.

«Ma non c'entra nulla con il programma degli esami!» le fa notare Stefi.

«Sì, ma l'hai mai visto?» le risponde Chiara.

«No, ma cosa vuol dire?» ribatte Stefi.

«Vedrai» conclude Chiara.

Appena entriamo nel cortile che ospita l'opera, Stefi rimane a bocca aperta.

«Ok, ora ho capito» dice a Chiara.

Chiara scuote la testa ridendo: Stefi è come san Tommaso, non crede a nulla finché non ci mette la mano.

Io rido per la loro interazione, poi mi avvicino alla statua. È anche per me la prima volta e rimango come Stefi senza parole.

Mi rapisce lo sguardo. È fatta di marmo durissimo, eppure mi sembra di assistere a una scena che si sta ancora svolgendo davanti a me, con corpi di carne viva. Pare che i personaggi siano sul punto di prendere vita e continuare i loro movimenti. Ho quasi paura ad avvicinarmi. Ho il timore che i serpenti possano muoversi verso di me e attaccarmi, da quanto appaiono reali.

«Io, sinceramente, uno così l'avrei ascoltato» dichiara decisa Stefi, alludendo al fisico da modello di Laocoonte, il protagonista del gruppo scultoreo che, secondo il mito, sarebbe stato l'unico troiano a insistere perché il suo popolo rifiutasse il dono dei Greci, il famoso cavallo di Troia che alla fine li portò alla catastrofe.

«Hai proprio ragione, Stefi. Anche io non mi sarei opposta a uno con quegli addominali!» scherza Chiara.

Io mi distacco da loro e dalla conversazione e mi avvicino al gruppo scultoreo: è perfetto nella sua composizione, con il padre Laocoonte al centro e i due figli, uno a destra e uno a sinistra, che vengono stritolati dai serpenti feroci mandati dalla dea Atena.

Fisso la statua e mi sento proprio come Laocoonte, l'indiscutibile protagonista della scena cristallizzata per l'eternità nel marmo: incatenata, senza potere, sfinita.

Lo so, ho la tendenza a rivivere l'arte attraverso le mie esperienze, i miei sentimenti.

È più forte di me: questa è la sensazione che provo dopo quello che è successo con Eric. Mi sembra di avere le gambe immobilizzate, strette in una morsa che mi impedisce di fare qualsiasi cosa. Eric è imbrigliato in un futuro più grande di lui e io ho le mani legate, non c'è nulla che possa fare per dissuaderlo. Deve essere lui, se vuole, a prendere in mano la sua vita e staccarsi dalla famiglia. Alle volte ho l'impulso di andare da lui per cercare di sistemare tutto, poi la coscienza mi punzecchia, come fa il serpente che morde il fianco di Laocoonte. Mi ricorda che non devo affannarmi né correre, perché sta a lui cambiare le cose e riparare il danno che ha fatto non coinvolgendomi nella sua vita.

Tutti questi pensieri mi agitano e decido di allontanarmi dalle mie amiche, ho bisogno di stare un po' sola. Mi sento soffocare e non voglio svenire.

«Mi allontano un secondo, fa troppo caldo qui» avviso le mie amiche.

Mi guardano interdette, ma mi lasciano andare.

Non è possibile che io stia così male per lui.

Mi metto a fissare i turisti per distrarmi un po' e per non farmi ulteriore male pensando a una relazione che dovrei solo lasciarmi alle spalle, invece di riviverla ogni giorno.

L'obiettivo è fortunatamente presto raggiunto, dato che qui è pieno di persone di ogni tipo. Ci sono gruppi di anziani vestiti tutti uguali, con le magliette dello stesso colore della bandiera del loro Paese, così da non perdersi di vista; ci sono scolaresche lunghe come un Frecciarossa, formato da vagoni e vagoni di bambini delle elementari che si tengono per mano mentre camminano; ci sono turisti inequivocabilmente tedeschi, che riesco a riconoscere per via dei loro immancabili bermuda sportivi abbinati alle Birkenstock con il calzino bianco.

Che bella Roma.

Mi diverto da sola mentre cerco di individuare il turista più eccentrico di tutti, quando all'improvviso sfilano davanti ai miei occhi due splendide gambe da modella coperte a malapena da una minigonna.

Alzo lo sguardo ed è Victoria.

Non è possibile.

Penso subito che il destino mi stia prendendo in giro. Mi allontano dalle mie amiche per non pensare a Eric e si materializza davanti a me sua sorella. È palesemente uno scherzo. Sono in un *Truman show* e nessuno mi ha avvisata.

Faccio per alzarmi e andare a parlarle, per dirle di riferire a Eric che può anche smetterla di scrivermi tutti i giorni per chiedermi di perdonarlo, quando sento un braccio che mi frena dal farlo.

«No» mi dice.

«Ma cosa?» domando senza capire.

«Qualunque cosa tu stia per fare, no.»

Ancora una volta Stefi è arrivata per salvarmi ed evitare che io faccia pasticci. Non me n'ero accorta, ma mentre guardavo i turisti, lei mi aveva raggiunta per controllare che stessi bene. E, a quanto pare, per contenere il mio spirito focoso che a volte mi trasforma in una problematica attaccabrighe.

Tiro un sospiro sollevato e sconsolato allo stesso tempo e commento: «Certo che è bellissima anche con quel colore innaturale».

«Hai ragione. Anche io la preferivo senza tinta ma a lei starebbe bene anche il calcestruzzo» commenta la mia migliore amica.

Guardiamo Victoria allontanarsi e rifletto con Stefi. «Forse è meglio così. Sarebbe difficile stare con un ragazzo con una sorella del genere.»

«Direi di sì, Isa. Ogni volta che vedo le sue storie su Instagram mi chiedo cosa faresti. Insomma, quando ostenta la vita che si può permettere solo grazie al patrimonio dei suoi genitori, che fra parentesi erediterà senza muovere un dito, mi chiedo che ci azzecchi tu con quella gente.»

«Hai ragione, Stefi, hai ragione.»

La ringrazio per avermi raggiunta e torniamo da Chiara e Sofi.

Cerco di non guardare ancora il gruppo del *Laocoonte* e mi aggiro tra le altre statue del cortile, mentre cerco di riprendermi dalla vista di Victoria. Non ci siamo parlate, eppure il solo fatto di averla incrociata mi ha assai turbata.

Da una parte, mi ha ricordato quanto è bello quando sono accanto a Eric, e mi ha fatto venire voglia di rispondergli e cercare di sistemare le cose, in barba ai consigli di Stefi; dall'altra, penso che effettivamente sarebbe difficile far durare una storia con questi presupposti. Per quanto io possa essere innamorata, devo tenere a mente che le nostre vite sono inconciliabili. È vero, lui non è d'accordo con lo stile di vita dei suoi, ma nei fatti continua a rimanere nei binari che sono stati costruiti per lui. È vero che si ritaglia degli spazi tutti suoi, come il maneggio, ma sono solo delle parentesi estemporanee. Se continua a fare ciò che vogliono i suoi, in fondo quella è la vita che lo aspetta e che sta accettando. E io non voglio assolutamente averne a che fare. Case lussuose, macchine elegantissime, vestiti firmati possono abbagliare. Ma io, Isabella Moretti, voglio una vita con qualcuno che mi ami. E a Eric, invece, sembra che questo non basti.

Devo dimenticarlo, ma non sarà facile. Quella con Eric è stata la storia più intensa che io abbia mai avuto e non è umanamente possibile mettere da parte emozioni e sentimenti da un giorno all'altro con la sola forza del pensiero. Non posso archiviare ciò che provo come farei con sterili file da cestinare o spostare in qualche cartella del computer che non guardo mai. E non posso dimenticare il modo in cui mi ha fatta sentire.

Nonostante tutti gli sforzi, ogni cosa che accade nella mia vita mi riconduce a lui. Se sono con gli amici a fare aperitivo e qualcuno ordina un amaro, subito la mia mente corre al bicchiere di tamarindo di suo padre, bevuto la sera del nostro primo bacio; se vedo qualche ragazza camminare indossando degli stivali alti come una cavallerizza, subito mi viene in mente il nostro romantico pomeriggio al maneggio; per non parlare di tutte le volte in cui, senza pensarci, passo davanti al Pantheon o alla chiesa di Sant'Ignazio o alla fontana di Trevi per tornare a casa…

Non posso dirlo a nessuno, ma darei un milione per ricevere altre coordinate di un luogo da raggiungere per trovare lui. E, se potessi, venderei il *Laocoonte* per essere di nuovo abbracciata da lui.

«Isa, tutto bene?»

È Chiara a riportarmi alla realtà.

Rivedere Victoria mi ha catapultata in un vortice di pensieri che si accartocciano gli uni sugli altri e mi distraggono da ciò che succede intorno a me.

«Sì, scusami, sono un po' affaticata dal caldo» le mento.

«Andiamo a prendere una granita, se ti aiuta» propone Stefi con premura.

La ringrazio ma declino l'invito, preferisco tornare a casa. Stefi, tuttavia, non è d'accordo nel lasciarmi andare via da sola, perciò mi accompagna fin sotto il portone di casa.

«Isa, va tutto bene? Sei sicura sia per il caldo?»

A Stefi non potrò mai mentire, mi conosce così bene che si accorgerebbe persino di una ciglia in meno intorno ai miei occhi.

Scuoto la testa e scoppio a piangere. Stefi mi abbraccia e mi lascio andare. Avevo bisogno dell'abbraccio di un'amica.

«Stefi, io non credo di riuscire a dimenticarlo» le dico.

«Lo so» mi risponde. «Per questo sono qui.»

Prende le chiavi di casa dalla mia borsa e mi fa strada oltre il portone.

«Ciao, Patty» dice appena vede mia mamma in cucina che svuota la lavastoviglie.

Basta uno sguardo e mamma capisce al volo. Continua a fare quello che stava facendo: sa che, se c'è qualcosa che non va, nulla è meglio del sostegno della mia migliore amica. Si fida di lei e la lascia fare, senza domandare nulla.

Stefi mi porta in camera, sposta i libri dell'esame che avevo lasciato sparpagliati sul letto prima di uscire e mi fa sedere.

«Tu ora ti rilassi un attimo e io vado in cucina a prendere qualcosa di dolce» mi ordina con gentilezza.

Quando torna, scoppio di nuovo a piangere.

«È la vaschetta di gelato che aveva portato Eric!» esclamo quando vedo cosa mi porge, comportandomi come una fontana senza limiti di acqua.

«Ecco, allora me lo ridai e lo buttiamo» dice Stefi sconsolata, strappandomela dalle mani. Poi riprende: «Senti, Isa, io lo so che è difficile, ma prima lo dimentichi, meglio è. Concentrati piuttosto sull'esame, che è la cosa più importante al momento. Lui a settembre non ci sarà più, la tua media scolastica sì, non devi scordartelo».

Stefi ha dannatamente ragione.

Mi sdraio e fisso abbattuta il soffitto di stelle.

«*Wake me up when September ends*» le dico citando una delle mie canzoni preferite.

Lei mi toglie il cuscino da sotto la testa e me lo lancia in faccia.

«Oh no, per quel ragazzo hai già pianto e perso abbastanza tempo. Ora basta.» Mi mette in mano pennelli e tubetti di colore e mi invita a dipingere. «Forza» mi esorta.

«Non ce la faccio, Stefi. Non ho le forze.»

«Sì, che le hai, non ti lascerò un altro minuto a piangere per quello stronzo» mi dice mentre prepara la scrivania per la pittura. «Avanti» mi incita ancora.

Mi alzo controvoglia ma so che è la cosa migliore. All'inizio opporrò resistenza, ma la pittura è l'unica cosa che alla fine mi fa stare bene.

«Tu sfogati un'oretta, poi torno a vedere come stai» mi dice lasciandomi sola. Sa che mi vergogno infinitamente a dipingere mentre qualcuno mi guarda.

La ringrazio, con gli occhi ancora lucidi ma riconoscenti.

«Te lo devo» mi risponde mentre esce dalla stanza, alludendo agli infiniti pomeriggi passati a consolarla per la fine della storia con il ragazzo di Barcellona.

Chiude la porta e raggiunge la cucina per aggiornare mia mamma.

Io prendo in mano i pennelli e provo a disegnare qualsiasi cosa che non sia Eric.

24

«Il colore è la mia ossessione quotidiana,
la mia gioia, il mio tormento.»

CLAUDE MONET

Anche il terzo esame riusciamo a superarlo tutti senza problemi. La mia media accademica dovrebbe essere di nuovo salva.

Io e il resto del gruppo ci siamo presentati in università già con le valigie per il fine settimana. Il professore ci ha guardato male, ma nessuno di noi si sente in colpa. In fondo, stiamo partendo per andare a studiare per l'ultimo esame.

«Forza, andiamo veloci alle macchine prima che sia l'ora di punta!» ci richiama all'ordine Sofi esortandoci a non perderci via chiacchierando del test appena concluso, mentre ci aspetta fuori dall'accademia.

«Sofi ha ragione, è meglio se non troviamo traffico e arriviamo subito a Ostia. Non perdetevi in chiacchiere come al solito» le fa eco Alex, che conosce la strada come le sue tasche.

Sofi, che è una maniaca del controllo, ha organizzato tutto nei minimi dettagli. Non c'è secondo di questa piccola vacanza che lei non abbia perfettamente scandito. Ci ha persino fornito dei fogli stampati con il programma del weekend. Per ogni ora della giornata ha previsto un'attività. Sabato e domenica saranno così schedulati: studio, pausa, di nuovo studio; poi pranzo, riposo, ancora studio e infine relax al mare, meteo permettendo. Credo che nessuno rispetterà il programma. Stefi, ad esempio, senza ombra di dubbio non darà retta ad alcun tipo di imposizione, fatta eccezione per gli orari del pranzo. Se è ora di mangiare, la mia migliore amica è capace di essere pronta con un'ora di anticipo. Ma non dico nulla per non guastare l'entusiasmo.

«Ti farà bene staccare un po'» mi dice Stefi a bassa voce mentre saliamo in macchina.

«Lo credo anche io» le rispondo con un sorriso.

Nonostante la partenza tattica, le strade sono parecchio affollate. È venerdì pomeriggio e tutti i romani sono in partenza, c'è poco da fare. Ci mettiamo il doppio del tempo preventivato per arrivare a destinazione, ma Sofi non dà in escandescenza: stare in macchina, soprattutto se si canta a squarciagola in gruppo, le piace da impazzire e le fa dimenticare la sua ansia da perfezione.

Appena arriviamo a casa di Alex, scarichiamo al volo le valigie e andiamo diretti al mare. Ci meritiamo senza dubbio un bel bagno dopo questa triade di esami ravvicinati.

Cris e Chiara stanno in acqua quasi un'ora, giocando a schizzarsi o facendo finta di affogarsi l'un l'altra. Io, Alex, Stefi e Sofi li guardiamo divertiti dalla riva mentre ci domandiamo se fra loro stia nascendo qualcosa di cui non ci eravamo ancora accorti.

Quando il sole cala, ritorniamo a casa. Facciamo tutti quanti una bella doccia calda e usciamo a mangiare una pizza. L'idea iniziale era di fare un salto al supermercato e cucinare qualcosa in casa, ma si è fatto tardi. Ora è tutto chiuso e l'unica opzione per non morire di fame è raggiungere una pizzeria. Alex ci porta nella sua preferita, Gilda, uno splendido locale a due passi dal mare, dai tavolini con le tovaglie azzurro carta da zucchero e i piatti decorati con disegni di piccoli coralli rossi sui bordi.

«Però, Alex! Non ci fai mancare niente in questa vacanza!» esclama Sofi contenta.

«Questo e altro per i miei migliori amici» risponde lui da buon tenerone.

Ci sediamo, facciamo un brindisi e ordiniamo da mangiare.

Mentre aspettiamo le pizze, Cris confessa che ha saputo del mio ammiratore segreto.

Cazzo.

Guardo sbalordita Alex, Sofi e Stefi nel tentativo di capire dalle loro espressioni chi dei tre è stato a spifferare tutto, ma sono indecifrabili.

«Allora, Isa, ti scrive ancora il misterioso sconosciuto di Instagram?» mi domanda con fare ammiccante.

«Già, è vero! E hai scoperto chi è?» chiede Chiara curiosa.

Io vorrei sprofondare.

«Non si è più fatto vivo» dico, mentendo per metà.

«Eh, non sono mica tutti come me e Alex» dice Cris scherzando e facendo il gradasso, cercando di tirare acqua al suo mulino.

Colgo l'occasione per rigirare la frittata. «A proposito di ragazzi con cui stare...» lancio l'amo.

«Abbiamo l'impressione che qualcuno con te vorrebbe proprio stare...» Stefi abbocca.

«Già, già. C'è qualcosa che vorreste dirci?» domanda diretta Sofi, guardando Cris e Chiara.

I due arrossiscono. Ci avevamo visto lungo.

«Abbiamo indovinato, allora!» esclama soddisfatta Sofi.

«È vero, stiamo uscendo» conferma Cris guardando con dolcezza Chiara.

L'attenzione per fortuna non è più su di me. Posso mangiare la mia pizza con tranquillità.

A fine serata, torniamo a casa e ci mettiamo a guardare un film tutti insieme. Niente festa per oggi, usciremo domani se ci sarà qualche evento.

Dopo il film, mi corico nel letto con Stefi e pensiamo a dove ci piacerebbe fare aperitivo domani. Ci sono tantissimi locali lungo la spiaggia, ma Alex ha detto che il suo preferito è un po' più all'interno. Guardiamo le recensioni su Tripadvisor e qualche reel su TikTok, poi spegniamo.

«Sveglia, dormiglione, sono quasi le dieci!» dice Sofi con fervore.

Teme che la sua perfetta tabella oraria possa andare in frantumi e ci richiama all'ordine.

«Ma che giorno è?» chiede Stefi confusa, ancora mezza addormentata.

«Il giorno dello studio!» le comunica Sofi.

«Allora rimango a letto!» scherza Stefi.

Facciamo al volo colazione e ci mettiamo in veranda a studiare. Fortunatamente qualche nuvola passeggera e un po' di brezza dal mare ci aiutano a non morire di caldo, anche se siamo sotto il sole senza una tenda. Anzi, a dirla tutta, si sta proprio bene. Devo ammettere che il paradiso me lo immagino così: una veranda, i miei migliori amici e dell'acqua con ghiaccio, limone e mirtilli da sorseggiare mentre guardo il mare.

«Studia, Isa!» mi sgrida Sofi, quando si accorge che sto fissando l'orizzonte al posto dei libri, provocando una risatina in Stefi.

«Agli ordini, capo» le rispondo, facendo finta di temere la sua ira.

Mi fanno morire dal ridere le mie amiche. Mi sento proprio di buon umore quando sono con loro e il mio studio ne risente. Riesco a fare schemi e ripetere molto meglio del solito. Insomma, anche questa volta, Stefi aveva ragione: questa vacanza mi sta facendo molto bene e non sto pensando giorno e notte a Eric. Quando inizierò a dar retta a Stefi fin dal principio?

Le ore di studio volano in un batter d'occhio, mentre la salsedine mi increspa i capelli e il sole accarezza caloroso la mia pelle. Arriva l'una del pomeriggio che nemmeno ce ne rendiamo conto.

Rientriamo in casa per mangiare qualche mozzarella, dei pomodori freschi e un po' di prosciutto e melone e rimaniamo dentro per ripararci dal sole nelle ore più calde.

Chiedo a Stefi se le va di riposare in camera con me,

ma declina l'invito. È strano da parte sua, ma abbiamo dormito così tanto la scorsa notte che la sua risposta mi sembra plausibile. Rimane in salotto con gli altri, mentre io mi corico per una mezz'ora nel nostro letto al piano superiore.

Quando scendo, ho l'impressione che Stefi eviti il mio sguardo.

Ho forse fatto senza accorgermene qualcosa che non avrei dovuto?

Le chiedo se è tutto ok e mi risponde affermativamente. La sua risposta non mi convince, ma decido di non insistere. Mi fido di lei: se ha qualcosa da dirmi, lo farà quando se la sentirà.

«Raga, ma sul serio avete voglia di studiare ancora?» chiede Cris sconsolato e visibilmente ancora abbioccato.

Nessuno risponde. Tutti siamo d'accordo con lui, ma non ce n'è uno del gruppo che abbia il coraggio di dirlo a Sofi. Temiamo possa avere un crollo emotivo.

«Ha ragione, ragazzi.»

Tutti ci guardiamo sorpresi. È proprio lei a dare corda a Cris.

Ci gettiamo uno dopo l'altro su di lei sul divano e l'abbracciamo con entusiasmo.

«Grande, Sofi!»

«Così ti vogliamo!»

«Più mare e meno studio!»

Non ci pensiamo un secondo di più. Indossiamo costumi e parei, buttiamo nello zaino qualche telo mare e le creme solari e corriamo in spiaggia.

Alex, Sofi, Stefi, Cris e Chiara si buttano in acqua quasi senza togliere i vestiti. Io non ho molta voglia, perciò rimango sulla battigia con le mie fedelissime parole crociate a trovare nomi verticali e orizzontali mentre prendo il sole. Si sta benissimo.

Faccio ogni tanto qualche foto ai ragazzi in acqua, poi torno in casa per recuperare un quadernetto, per fare degli schizzi in riva al mare. Questa spiaggia è meravigliosa e ho proprio voglia di immortalarla sulla carta.

Stefi mi vede andare via e mi rincorre affannata.

«Dove vai?» mi domanda, inspiegabilmente agitata.

«In casa, Stefi, perché?»

«Ti va di andare a prendere un gelato?» mi dice con il fiatone mentre l'acqua del mare le cola sul corpo dai capelli bagnati.

«Ma abbiamo finito di mangiare poco fa» le faccio notare.

«Sì, ma ho nuotato troppo e devo reintegrare gli zuccheri» mi dice.

La sua risposta non mi convince e ho il dubbio che mi stia nascondendo qualcosa.

«Mi devi dire qualcosa?» le chiedo insospettita.

«Ma va, è solo un gelato!» mi risponde evitando di guardarmi, segno che effettivamente non mi sta dicendo tutto.

Accetto la sua proposta e torno in casa a recuperare il quadernetto per dipingere e il portafoglio per il gelato. Voglio scoprire perché è così strana.

Aspetto poi che lei si asciughi e si rivesta e andiamo

nel chiosco più vicino. Non ci sono bar carini come la pizzeria di ieri sera, ma per un gelato va bene tutto.

«Sto per fare una cosa che forse non approverai» sputa il rospo non appena ci sediamo.

La guardo confusa.

«Vado un attimo in bagno, poi ti spiego» mi comunica.

«Stefi, ma che sta succedendo?» le chiedo mentre si allontana.

«Spero di star facendo la cosa più giusta per te» mi dice in modo criptico prima di scomparire dalla mia vista.

Rimango al tavolino confusa. Perché si sta comportando così? E perché rimandare tanto quello che mi deve dire?

Passano i minuti mentre mi arrovello e lei non torna. Il gelato è oramai sciolto e inizio a preoccuparmi. Prendo telefono e portafoglio, per non lasciarli incustoditi al tavolo, e mi alzo per raggiungerla e accertarmi che stia bene.

Busso alla porta del bagno delle donne ma non ottengo risposta. Apro e dentro non c'è nessuno. Controllo per sicurezza anche quelli degli uomini e dei disabili, ma Stefi non è nemmeno lì.

Dove diavolo è finita?

Torno in fretta e furia al tavolo nella speranza che sia tornata lì da un'altra strada, ma non c'è.

La mia mente impiega un millesimo di secondo a riconoscere la persona che ha preso il suo posto al nostro tavolo.

Si gira e mi saluta.

«Ciao, Ginger.»

Al mio cuore salta un battito.

«Eric, ma cosa ci fai qui?» gli chiedo dura.

«Era l'unico modo che avevo per parlarti» mi risponde.

«E Stefi dov'è?» domando ancora confusa e preoccupata.

«È in spiaggia con gli altri adesso.»

«Ma cosa…?»

«Mi ha aiutata a trovarti, ora è ritornata dai vostri amici.»

Mi devo sedere. Chiedo un bicchiere d'acqua. Stanno succedendo troppe cose e ho bisogno di mettere in ordine i puntini.

«Mi ha tradita» penso sconsolata ad alta voce.

«Come?»

«Stefi ha agito alle mie spalle» realizzo.

«Non è andata così» risponde Eric. Poi spiega. «Ci ho messo giorni a convincerla, Stefi non era per niente d'accordo con questa storia. Ho dovuto insistere parecchio perché mi aiutasse. Ha ceduto perché l'ho convinta che ti avrebbe fatta stare bene e lei ti vuole un bene immenso.»

Inizia a convincermi, ma continuo a fare la dura.

«So che sei arrabbiata e confusa, ma sono qui per sistemare le cose con te.»

Non ribatto.

Lui prosegue. «È vero, forse a settembre partirò, ma chi ci vieta di stare insieme finché possibile?»

«Non mi sembrava un "forse" la tua intenzione» gli faccio notare.

«Non ho ancora accettato il posto» precisa.

«Quindi hai cambiato idea?» chiedo mentre dentro di me sembra riaccendersi una scintilla di speranza, che maschero per non dargliela vinta anche questa volta.

«No, non ho cambiato idea, ma ci sto seriamente pensando.»

Non so se lasciarmi illudere o rimanere ferrea.

«Ed entro quando dovrai decidere?»

«Dieci giorni. Poi dovrò finire la tesi e laurearmi, indipendentemente dalla decisione che prenderò» precisa.

Bevo l'ultimo sorso d'acqua e lo fisso.

Finisce sempre così, con me che abbasso le difese e lo lascio rientrare nella mia vita, dandogli la possibilità di ferirmi di nuovo. Ma come faccio a non fare altrimenti? È bellissimo.

Mi impongo di non cedere e porto avanti la conversazione, nel tentativo di capire se stia cercando di ingannarmi di nuovo.

Riprendo il discorso dicendogli la verità. «Eric, io ho già sofferto abbastanza per te.»

Tace.

«Non credo sia il caso di riprovarci per poi stare male di nuovo. Oltretutto, questa volta, sapendolo già in partenza faccio fatica a fidarmi di nuovo di te.»

Mi scosta una ciocca di capelli e prova a rassicurarmi. «Lo so, Ginger. Ma non voglio farti male di nuovo.»

«Mi hai tagliata fuori dalla tua vita, Eric. Non mi

sono sentita considerata. Cosa mi assicura che non lo rifarai?»

«Guardami. Sono qui per te» mi dice prendendomi la mano.

Sposto lo sguardo verso il mare e rimango in silenzio.

«Ti va di fare quattro passi sulla spiaggia?» mi domanda dopo qualche secondo.

Mi volto nuovamente nella sua direzione.

È solo una passeggiata, penso, maledicendomi allo stesso tempo per la facilità con cui ricasco ogni volta nelle sue trappole.

«Va bene» gli dico.

Raggiungiamo la battigia, lontano dai miei amici che nel frattempo sono usciti dall'acqua e si stanno asciugando al sole che piano piano va verso l'orizzonte, e ci togliamo le scarpe. Le mettiamo distanti dalle onde che potrebbero bagnarle e camminiamo con i piedi un po' nel mare un po' nella sabbia.

«Mi sei mancata in questi giorni, Isa.»

Le sue parole aprono una breccia nel mio cuore. Tutta la fatica che avevo fatto, per cercare di dimenticare quanto bene ero stata con lui, va in fumo con una frase. Io lo amo, non posso più negarlo.

«Non puoi farmi cedere così, Eric. Sono stati giorni molto difficili per me.»

«Lo so. E so anche che sarà difficile riconquistare la tua fiducia, ma sono venuto fin qui proprio per dimostrarti che tengo a te e a noi e non voglio mandare tutto all'aria di nuovo.»

Cammino in silenzio. Ho bisogno di far sedimentare tutte le emozioni di questo momento inaspettato. Voglio che i miei turbamenti e i miei dubbi si posino in fondo al cuore, come fa la sabbia nel mare.

«Sono felice che tu sia qui» gli dico alla fine.

Lui si ferma e mi abbraccia.

Una nuvola copre in quell'istante il sole e un'onda si frange sui miei piedi. Ho un brivido di freddo ma il calore del petto e delle braccia di Eric intorno a me riscalda tutto il mio corpo e smetto di tremare. Mi sento a casa, come quando è inverno, fuori nevica e il camino riscalda la stanza e allieta i cuori.

Quando mi svincolo dalle sue braccia, mi prende per mano. Camminiamo così per qualche metro, poi tolgo le mie dita dalle sue.

«Che c'è, Ginger?»

«Ho paura, Eric» gli dico mentre cerco di far quadrare tutte le cose successe e che ci siamo detti nell'ultima ora.

«L'affronteremo insieme» mi tranquillizza lui.

«E come?» domando.

«Passo per passo. Cominciando da ora» risponde.

Stringo nuovamente la sua mano.

«Presentami ai tuoi amici» mi dice convinto.

«Davvero?» chiedo tra l'incredulità e il sollievo per il passo che finalmente è disposto a fare.

«Davvero» risponde stringendomi la mano.

Questo fa cambiare le cose. Significa che finalmente Eric sta facendo sul serio.

«Non ci credo» confesso con un sorriso. Gli tiro un piccolo pugno sul braccio per scherzo.

«Ahia!» mi dice, facendo finta di essere stato gravemente ferito.

«Devi smetterla di farmi vivere come se fossi perennemente sulle montagne russe.»

«Non mi dirai che preferisci il Brucomela» ribatte scherzando.

«Smettila» gli dico chinandomi e schizzandolo con l'acqua del mare.

Risponde alla provocazione, poi mi stringe ancora a sé e questa volta lascio che sia un abbraccio più lungo del solito.

Poi riprendiamo a camminare, tornando indietro verso i miei amici.

«E se poi alla fine scegli Parigi?» gli chiedo, non riuscendo a mettere a tacere la mia paura.

«Dobbiamo prenderlo in considerazione» mi risponde.

«Ma tu ci vuoi davvero andare?» gli domando.

«Non lo so, credo che questo lo sappiamo entrambi. Se rimango, potrò scordarmi la mia vita di oggi. Dovrò trovare una strada diversa, un lavoro e cercare un appartamento per allontanarmi dai miei. Anzi, probabilmente mi caccerebbero loro di casa… Soprattutto dovrò rinunciare al maneggio e non avrei le risorse per mantenere i cavalli, che sono la cosa che amo di più al mondo e che mi dà serenità anche in mezzo al caos. È difficile per me, è un salto nel vuoto: sento di aver investito tutto in un percorso per cui non sono adatto e forse ora è troppo tardi per cambiare strada.»

«Beh, cos'è la vita senza un po' di rischio?» lo punzecchio.

«Non è uno scherzo questo, Isa» mi dice sconsolato mentre fissa l'orizzonte.

Il sole, nel frattempo, ha quasi raggiunto la linea lontana e piatta del mare. Le nuvole di prima si sono diradate nel cielo e iniziano a colorarsi delle prime sfumature di rosa.

«Eric, se deciderai di andare, non credo sarò in grado di reggere una relazione a distanza» gli dico.

«A maggior ragione, dato che non sappiamo cosa ne sarà di noi, perché non ci godiamo questo momento?» mi dice, mentre mi prende le spalle per girarmi con delicatezza e farmi ammirare il tramonto, abbracciandomi da dietro. «Magari durerà poco come questo tramonto, ma cosa fai, te lo perdi?»

Mi sorride e mi bacia, mentre le onde del mare mi accarezzano le caviglie e il sole ci saluta all'orizzonte.

25
Eric

È vero, sono stato uno stronzo.

È vero, avrei dovuto dirle di Parigi.

È vero, mi meriterei di non vederla più.

Per quanto io mi sia comportato male, però, non c'è cosa che non farei per sistemare tutto.

Se ho trascurato Isabella è stato solo perché non ho potuto fare altro.

Tra poco mi laureerò e devo ancora finire la tesi, cosa assai impegnativa, oltre che sopravvivere nel girone dell'inferno che Dante si è dimenticato di descrivere, ovvero casa mia.

In queste ultime settimane non ho avuto tempo nemmeno per andare a cavallo, per questo non mi sono dedicato a Isa. Non è facile per me stare dietro a ogni cosa, quando tutta la mia famiglia si mette di traverso e non mi aiuta.

Ho agito male, escludendola e trascurandola, ma sto cercando di rimediare e spero che mi darà la possibilità di ricostruire il nostro rapporto. Non ho mai provato per nessuna ragazza quello che provo per lei.

Lo penso ogni volta che la guardo, anche adesso, mentre prepara la pasta fredda per stasera, per questa cena fra amici al mare. C'è una grazia insita nei suoi gesti di cui nemmeno lei si è mai resa conto e che vorrei che scoprisse. Voglio aiutarla a diventare consapevole di quanto è speciale. Isa è la perla nascosta di una conchiglia, che ancora deve essere aperta e vista nella sua più completa lucentezza. E io voglio tanto esserle accanto mentre lo scopre a poco a poco.

La guardo dal divano, mentre faccio finta di prestare attenzione al film che i ragazzi hanno fatto partire alla tv in attesa che sia pronto da mangiare. E penso che non ci sia nessuna bella quanto lei. Impazzisco per i suoi lunghi capelli rossi, morbide onde ramate che le scendono lungo le spalle, e per i suoi grandi occhi azzurri, così profondi che mi perdo ogni volta che ho la fortuna di guardarli. Non riesco a smettere di ammirarla.

Quella di oggi è stata una splendida giornata. Nonostante l'iniziale distacco e titubanza di Isa nei miei confronti, le cose sono andate di bene in meglio. Innanzitutto, il suo gruppo di amici sembra aver accettato la mia presenza. Mi pare che mi abbiano trovato simpatico. Stefi è ancora molto scettica, benché mi abbia aiutato a raggiungere Isa a Ostia, ma gli altri, Cris, Alex, Sofi e Chiara, mi apprezzano. O, almeno, ho avuto questa impressione, quando Isa dopo la nostra passeggiata me li ha presentati. Certo, per loro è facile avere una buona opinione di me, perché non sanno quanto ho fatto soffrire Isa le scorse settimane, però sono comunque contento che mi abbiano preso in simpatia.

Hanno riso alle mie battute di circostanza e Cris, addirittura, mi ha dato una bella pacca sulla spalla e mi ha confessato che lui non avrebbe mai organizzato una caccia al tesoro per conquistare una ragazza. «Sei grande, bro» mi ha detto.

Mi ha fatto sorridere, ma allo stesso tempo ho apprezzato il suo complimento. Mi sono sentito un bravo ragazzo.

Poi, quando hanno chiesto a me e Isa di raccontare la nostra storia, lei per fortuna ha glissato sui problemi che abbiamo avuto. Ha parlato in modo concitato di tutte le nostre romantiche avventure ed emozionato il pubblico di amici che l'ascoltava. Ahimè, però, questo non le ha impedito di dire senza peli sulla lingua cosa pensasse di me all'inizio.

«È stato un vero stronzo»: testuali parole ha detto del me dei primi tempi, che provava a conquistarla mentre ancora stava con Valentina. All'inizio ci sono un po' rimasto male, alla fine l'ho presa sul ridere. In fondo, non potevo darle torto!

Insomma, con gli amici di Isa mi sono trovato come con sua mamma, perfettamente a mio agio e sereno, come al mio amato maneggio.

La sera a casa Moretti, prima che Isa mi cacciasse, per me era stata una favola. Sembrerà esagerato ma non mi capita spesso di avere una cena tranquilla, in cui non volano piatti o parolacce, perché da me c'è perennemente tensione. È come se ogni sera ci fosse una gara a chi semina più zizzania, facendo pesare le scelte sbagliate che sono state fatte, sminuendo le fatiche, non dando merito alle conquiste, perché tanto non sono mai abbastanza. A casa di Isa, invece, anche se solo per pochissime ore, mi ero sentito apprezzato. Patrizia mi aveva fatto tante domande, si era premurata che fossi a mio agio e soprattutto aveva ascoltato ciò che avevo da dire. Tutto il contrario di mia madre, che se fa domande sulla mia vita è solo per educazione, ma la verità è che dentro di sé quasi sicuramente pensa che io sia solo un errore, un figlio venuto male, uno che non vede l'ora di non avere più fra i piedi.

Ora, da come Isa mi guarda ogni tanto mentre cucina, mentre armeggia con i pomodorini come farebbe con pennelli e tempere, direi che le cose si sono risistemate. Parlare ci ha fatto bene e ora la situazione è più serena. Ci siamo riallineati, senza pesanti strascichi di rancore o dispiacere. Mi avvicino per darle una mano e finiamo insieme di preparare la cena. Stare accanto a lei mi dà la stessa felicità che mi dà cavalcare nei prati del mio maneggio. Mi godo questo momento, intimo a modo suo, baciandola di tanto in tanto quando gli altri non ci guardano.

Questi sono gli attimi in cui mi dimentico totalmente delle fatiche che devo affrontare ogni giorno in casa mia. So che potrebbe sembrare esagerato, ma anche solo una cena o due parole con mio padre prima di coricarmi sono in grado di mettermi di malumore per giorni interi. Per questo ci ho messo così tanto a dire la verità su Isabella alla mia famiglia. Sapendo che la mia confessione avrebbe generato una bufera di rancori e ripercussioni negative nei miei confronti, ho a lungo rimandato la questione. Dopo aver fatto l'amore con Isa, però, era giunto il momento di dire la verità.

Dopo il pomeriggio al maneggio, ero tornato a casa giusto in tempo per la cena. Non avevo fatto in tempo a fare una doccia e mamma mi aveva accolto con la sua solita smorfia di disapprovazione.

«Non mi sembra rispettoso presentarsi in questo stato» aveva sentenziato, dopo aver visto i miei pantaloni sporchi.

Io non avevo risposto.

Mi ero seduto a tavola e avevo cenato in silenzio. Al dolce, però, avevo deciso di prendere parola.

«Ho lasciato Valentina» avevo comunicato senza girarci troppo intorno.

Avevo sentito mamma tossire, papà deglutire con difficoltà. Non ho saputo distinguere se ad andargli di traverso fosse stata la mia frase o un boccone di torta.

«Scusa?» aveva detto Victoria strabuzzando gli occhi.

L'unica dalla mia parte, come al solito, era stata Iris. «Finalmente. Non mi piaceva quella lì. Non giocava mai con me» aveva commentato con la sua disarmante sincerità.

«Sto uscendo con un'altra ragazza, adesso» avevo ripreso, a gamba tesa. Avevo iniziato la partita, dovevo continuare ad attaccare. Quando il gioco si fa duro, i duri iniziano a giocare: non potevo tirarmi indietro. Avanti tutta.

A tavola era di nuovo calato il silenzio. Intorno a me solo facce tese, tralasciando quella allegra e spensierata della piccola Iris.

Papà si era allora alzato senza aggiungere altro per andarsene in silenzio in un'altra stanza, gesto che valeva più di mille rimproveri. Era il suo modo più infido e plateale per far intendere la sua disapprovazione. Mamma l'aveva subito raggiunto. Victoria, da brava cagnolina sempre compiacente, l'aveva seguita a ruota, non prima di avermi detto: «Anche oggi ci regali una bella cena, eh?».

Io ero rimasto seduto al mio posto, mentre la piccola Iris continuava a mangiare, ignara della portata della mia affermazione.

Una volta tornato, papà non aveva proferito parola. Si era limitato a finire la torta e si era ritirato nel suo studio.

A prendere parola era stata mamma. «Ne riparleremo, Eric. Mi aspetto che ci ripensi e che non ci dirai più ciò che hai detto questa sera. Sono mesi che programmiamo il trasferimento tuo e di Valentina in Francia, perché possiate proseguire i vostri studi. Non è il caso di fare capricci ora.»

«Potrei aver cambiato idea su Parigi» avevo detto io.

«Non a questo punto.»

«La vita è la mia.»

«Che stupido immaturo» aveva commentato Victoria.

«Tua sorella ha ragione» si era accodata mamma. «Sei il solito ragazzino capriccioso e spocchioso che cambia idea ogni tre minuti. Vedi di rinsavire. È l'ultima occasione che ti diamo questa» aveva dichiarato, prendendo il suo scialle e ritirandosi in camera.

Io ero rimasto seduto. Avevo ingoiato il mio risentimento e sistemato i piatti di Iris.

«Dovete darvi una calmata» avevo detto alla fine a Victoria, una volta rimasti soli. «Sono libero di frequentare chi voglio» avevo aggiunto.

«Se non vuoi più stare in questa casa, certo che sei libero» aveva risposto lei, come avrebbe fatto mamma se fosse rimasta a tavola. «Fai tu le tue considerazioni.»

Avevo messo a letto Iris e mi ero ritirato in camera, sfinito. Ero rimasto per una buona mezz'ora a fissare il soffitto. Certamente avevo preventivato che la mia famiglia avrebbe osteggiato la mia nuova relazione e non avrebbe gradito il mio cambio di programma, ma non avevo pensato fino a quel punto. Forse avrei dovuto riconsiderare l'idea di tornare con Valentina per salvare la mia vita? Mi avrebbero davvero tagliato tutti i fondi e le mie prospettive solo per la mia relazione d'amore? Dovevo capirlo e pensarci bene, prima di commettere errori ai quali non avrei potuto porre rimedio.

26

«L'arte non è ciò che vedi, ma ciò che fai vedere agli altri.»

EDGAR DEGAS

Tornare da Ostia è stato drammatico.

Sono stata così bene che, quando mi sono messa in macchina domenica sera per tornare verso Roma, ho faticato a trattenere le lacrime. È stato un weekend surreale, una pausa dalla vita di tutti i giorni che mi ha dato la carica per affrontare gli ultimi impegni prima dell'inizio dell'estate. Mi sono rilassata, ho studiato e, ciliegina sulla torta, io ed Eric siamo tornati insieme. Mi ha fatto una sorpresa inaspettata raggiungendomi al mare – devo ancora fare il quarto grado a Stefi per capire come si è fatta convincere a dargli una mano! – e abbiamo deciso di goderci il tempo che abbiamo insieme. Io sono ancora un po' incerta, anche se non lo do a vedere, perché temo che lui deciderà di andare a Parigi, ma cerco di non pensarci e usare le mie energie per vivere al massimo i momenti che trascorreremo insieme prima della sua eventuale partenza.

Mi scrive Stefi mentre finisco di preparare le ultime cose prima di uscire.

Lì alle 13? Anche se danno pioggia?

Sì! Io ho il cibo, tu prendi il telo, mi raccomando

Per il pranzo di questo primo lunedì dopo il rientro dal mare, abbiamo in programma un pic-nic speciale. Finalmente Stefi mi presenterà la sua fiamma, Marco, il ragazzo che, pensavamo, non si sarebbe mai fatto avanti per davvero. A quanto pare, invece, ha superato ogni aspettativa e ora si comporta come il migliore ragazzo che Stefi potesse mai avere e questo mi rende molto felice per lei.

Il pic-nic che abbiamo organizzato, prima dello sprint finale di studio in vista dell'ultimo esame, sarà al Parco degli Acquedotti, un enorme giardino dove mi portava sempre mamma quando ero piccola. Mi piace tantissimo: sembra un mare verde in mezzo alla città, attraversato solo dai resti dei vecchi acquedotti romani. Io ed Eric ci troveremo direttamente lì con Stefi e Marco. Sarà la nostra prima uscita a quattro e non vedo l'ora.

Finisco di preparare le ultime cose e sistemo la cucina prima che Eric mi passi a prendere. Per l'occasione speciale, mi sono fatta aiutare da mamma a cucinare dei manicaretti per il pic-nic. Ci tengo così tanto a questo pranzo che sono in piedi dalle sette anche se oggi non dovevo andare in uni o alzarmi presto per studiare. Ho preparato delle polpette di ceci e carote per Stefi che da qualche settimana è vegetariana, delle pizzette di pasta sfoglia e infine dei panini super farciti che so che faranno impazzire i ragazzi. Mamma inoltre ha fatto la sua incredibile maionese al basilico che useremo per condire ancora di più i panini e non vedo l'ora di vedere la faccia che farà Eric quando la proverà. È strepitosa e sono certa che anche lui l'apprezzerà. Ovviamente non sarà come le salse speciali che prende suo padre alla gastronomia super costosa dove la sua famiglia compra anche il liquore al tamarindo, ma confido nel fatto che non disdegnerà la specialità di casa Moretti.

«Ginger, sono qui» mi dice Eric al citofono.

«Prendo un ombrello e scendo!» gli urlo dalla tromba delle scale, mentre sistemo gli ultimi piatti nel cestino.

«Vedrai che non pioverà!» risponde lui.

Io non mi fido. Ne infilo lo stesso uno piccolo nella tasca esterna dello zaino nel quale ho riposto le bibite, recupero il cestino del cibo e scendo veloce da lui.

«Ho portato il vino bianco della valle del Rodano» mi dice soddisfatto appena salgo in macchina.

«Ma è quello della nostra prima cena!» esclamo io commossa.

«Bingo» mi dice lui contento, mentre appoggia la mano destra sulla mia gamba.

Guida mentre mi racconta delle sue ultime avventure con Marco e Luca al maneggio, e quando arriviamo al Parco degli Acquedotti Stefi e Marco sono già lì.

«Ciao, bellezze!» ci saluta Stefi con entusiasmo.

Non sembra per niente agitata, anzi, mi pare molto a suo agio. È incredibile come riesca a essere sempre così sicura di sé, anche nelle situazioni in cui io sarei in tensione.

«Lui è Marco» mi dice fiera sorridendo.

Lui mi porge la mano e la stringo con piacere.

«Marco? Ma non si chiamava Paolo?» dico per rendere subito frizzante la situazione.

Marco coglie che sto scherzando e si mette a ridere. «Ora capisco perché è la tua migliore amica» dice rivolto a Stefi, scuotendo la testa.

Stefi presenta Marco anche a Eric e ci sediamo subito sul telo a mangiare.

Tutti apprezzano i miei manicaretti e ricevo volentieri i loro complimenti. Inoltre, si abbina tutto perfettamente al vino di Eric.

«Ti tratta proprio bene il ragazzo, eh?» osserva Marco, che riconosce la raffinatezza della bottiglia che ha portato Eric.

«Per Isa comprerei anche la luna» risponde lui guardandomi intensamente.

«*Bleah!*» dice Stefi, che ogni tanto si rivela allergica al romanticismo.

Scoppio a ridere.

Come sarebbe noiosa la mia vita senza Stefi. Sono fortunata ad averla come migliore amica.

Finiamo i panini e prendiamo le fragole col cioccolato che ho preparato con mamma ieri sera. Le ho intinte nel cioccolato fuso e le ho lasciate raffreddare in frigorifero durante la notte. Fa molto caldo e sono quasi sciolte, per cui ci affrettiamo a mangiarle, per non fare troppi danni.

Eric mi spalma del cioccolato sulla guancia con l'indice e io rispondo subito a modo. Parte immediatamente una guerra al cioccolato, alla quale Stefi e Marco assistono ridendo e facendo qualche foto.

Quando riponiamo le armi e firmiamo un finto armistizio con dei fili d'erba, sento delle gocce cadermi sui capelli.

«Oh, no» dico sconsolata.

«L'avevi detto!» dice Stefi notando che avevo azzeccato le previsioni meteo.

«Forza, raccogliamo tutto e ripariamoci sotto gli acquedotti» propone Marco.

Prendiamo in fretta e furia piatti, posate, bicchieri e tovaglia e corriamo verso i ponti prima che arrivi il diluvio.

«È ironico ripararsi dall'acqua sotto dei ponti che l'acqua, una volta, la portavano» nota intelligentemente Marco.

«Beh, speriamo non si rompano o ci inzupperemo per davvero!» dice Stefi.

Noi la guardiamo interdetti.

«Stefi, non funzionano da centinaia di anni» le dico io.

Lei diventa dello stesso colore delle polpette alle carote mangiate poco fa. «Ops» dice imbarazzata, portandosi una mano alla bocca.

«Ti si vuole bene lo stesso» le dice Marco cingendole le spalle e dandole un tenero bacio sulla fronte.

Io ed Eric ci guardiamo, contenti di come stia andando il pic-nic.

Rimaniamo per una buona mezz'ora al riparo, dopodiché la pioggia cessa e possiamo uscire. Si sono fatte oramai le tre e Stefi e Marco ci salutano. Lui ha un allenamento di calcio alle quattro e lei va via con lui per non rimanere a fare il terzo incomodo fra me ed Eric.

«È stato un piacere conoscervi» ci dice Marco.

«Anche per noi» risponde Eric per entrambi.

«Al prossimo pic-nic, allora» aggiungo io sorridendo.

«Senza pioggia, si spera!» chiosa Stefi con il suo irrefrenabile ottimismo.

Lei e Marco si allontanano e io ed Eric rimaniamo al parco. Il prato è ancora bagnato, quindi torniamo sotto uno dei ponti dell'acquedotto. Eric mette giù il telo che Stefi ci ha lasciato e ci accoccoliamo. Lui si siede con le gambe tese e la schiena appoggiata al muro, io adagio la testa sulle sue gambe mentre lui mi carezza dolcemente.

Rimaniamo così per qualche minuto, poi rompo il silenzio per chiacchierare un po' con lui.

«Come procede la tesi?» gli chiedo.

«Non troppo bene, purtroppo» si confessa.

«Come mai?» gli domando.

«Mah, sai, c'è una ragazza che mi distrae e mi impedisce di concentrarmi...» scherza lui.

«Ah! Spero sia almeno carina!» sto al gioco.

Lui si mette a ridere e riprende ad accarezzarmi in modo tenero i capelli.

«Ce la farai a finire in tempo» lo incoraggio.

«Lo spero, non voglio altri casini in famiglia» mi confessa.

Mi tiro su e prendo io a coccolarlo amorevolmente.

Rimaniamo abbracciati finché non riprende a piovere. Ci spostiamo ancora più all'interno dell'arco dell'acquedotto e usiamo il telo come coperta per ripararci dall'aria fredda che è arrivata insieme alla pioggia. Lo abbraccio e rimaniamo in silenzio a guardare le gocce che cadono.

Ancora non so cosa sarà di noi, ma finché ci saremo l'uno per l'altra, pronti a supportarci in ogni evenienza, ho la certezza che andrà tutto bene e insieme andremo lontano.

27

«Un'opera d'arte per divenire immortale deve sempre superare i limiti dell'umano senza preoccuparsi né del buon senso né della logica.»

GIORGIO DE CHIRICO

Ha continuato a piovere per ore e Eric mi ha riaccompagnata a casa che era già ora di cena.

Appena rientrata, vado diretta in cucina nella speranza che ci sia qualcosa di già pronto. Mamma però non si è ancora messa ai fornelli: è in camera a leggere.

In bella vista sul tavolo da pranzo, al posto della cena che speravo, c'è una busta. La prendo in mano e mi accorgo che è per me. Arriva dall'America. Il francobollo con righe orizzontali rosse e bianche e stelle su sfondo blu è inequivocabile.

«Mamma!» urlo su di giri.

«Che c'è Isa, che succede?» grida lei dalla camera da letto accorrendo agitata.

«C'è una lettera per me!» esulto indicandole la busta appena mi raggiunge in cucina.

«Sì, è arrivata nel primo pomeriggio. Non c'eri e te l'ho lasciata sul tavolo perché la trovassi al rientro» risponde, tirando un sospiro di sollievo ora che ha capito che non è successo nulla di grave.

«Ma hai visto da dove arriva?!» le domando.

«No, non ho guardato» risponde confusa.

Gliela porgo perché veda.

Lei spalanca la bocca in un'espressione di sorpresa mista a orgoglio. «È quello che penso?» mi domanda eccitata.

«Dobbiamo scoprirlo!» decido io.

«Muoviti, aprila allora!» mi dice. «Non sto nella pelle!» aggiunge saltellando accanto alla sedia.

«Aprila tu, mamma. Sono così agitata che mi tremano le mani. Se c'è dentro quello che penso, potrei svenire» la esorto.

«Sono parecchio in ansia anche io, ma ti aiuto» mi risponde emozionata.

Strappa l'involucro ed estrae una serie di fogli pinzati fra loro, preceduti da una lettera.

Legge le prime righe e dal suo sguardo intuisco il contenuto. Sorride a trentadue denti e mi abbraccia squittendo.

«Mi hanno presa?!» le chiedo incredula.

«Sì, amore, hai vinto il concorso!» mi conferma urlando mentre mi stringe in un abbraccio fortissimo. «Bravissima!» aggiunge fra le lacrime.

Io mi lascio tenere stretta e scoppio a piangere a mia volta per la gioia.

«Andrai a New York!» esulta mamma.

«Non è possibile» le dico incredula, mentre mi sembra di svenire.

New York? Io, Isabella Moretti, che non sono mai uscita dall'Europa? Mi sembra un sogno.

Le prendo la lettera dalle mani e leggo anche io, per controllare che sia tutto vero. Leggo lentamente, per gustarmi ogni parola di questa splendida notizia.

47 W 13th St, New York, NY 10011, USA
New York Arts Institute

Gentile Isabella Moretti,
siamo lieti di comunicarle che è stata selezionata per il soggiorno artistico estivo presso il New York Arts Institute, in seguito alla sua vittoria del concorso Emozioni romane indetto dall'Accademia di Belle arti Pietro Testa.
La sua permanenza presso la nostra sede avrà luogo dal 13 luglio al 15 settembre.
Le inviamo i suoi biglietti aerei, tutte le informazioni relative ai corsi che frequenterà e gli orari delle lezioni, oltre a una mappa delle nostre sedi, i dettagli sul suo alloggio e l'elenco dei documenti che ci dovrà inviare per email entro cinque giorni dal ricevimento della presente.
Nella busta è presente anche una descrizione della galleria che ospiterà le sue creazioni a conclusione del corso.
Per qualsiasi informazione, non esiti a contattarci.

Le auguriamo un buon viaggio e l'aspettiamo a New York.

Finisco di leggere e mi accorgo che mi tremano le gambe.

Cosa ho fatto per meritarmi tanta felicità?

Abbraccio ancora mamma e recupero il telefono. Devo subito avvisare i miei amici. Faccio una foto alla lettera e la mando nel nostro gruppo WhatsApp. Non posso aspettare di vederli per comunicare la notizia, sono su di giri e mi sento incontenibile.

Poi prendo le chiavi del motorino e scendo velocissima dalle scale per recuperare Tito e precipitarmi da Eric a dargli la notizia. Non posso aspettare un secondo di più. So che ci siamo appena visti, ma a lui voglio dirlo di persona, non tramite messaggio... e poi voglio prendermi un mega abbraccio di congratulazioni!

Metto in moto e volo verso piazza Venezia. Oggi non ho tempo di guardarmi in giro ad ammirare la città che tanto amo. Devo solo arrivare a casa sua e condividere la gioia che avverto esplodere in me. Mi sento come un pop corn nel microonde: basterebbe una piccola scossa e potrei scoppiare per l'entusiasmo e iniziare a saltellare a caso!

Nel tragitto verso casa sua, sto giusto attenta a non esagerare con la velocità sfrecciando sulle strade ancora bagnate.

Appena arrivo a destinazione, lascio Tito nel parcheggio per motorini a qualche metro di distanza dal portone d'ingresso e mi avvicino. Sono così tesa ed eccitata che quasi non mi accorgo che Eric è sotto casa. Strabuzzo gli occhi e mi fermo. Sta parlando con Valentina.

Che cavolo ci fa lei lì?

Mi metto dietro a una macchina per non farmi vedere e ascoltare quello che si stanno dicendo, ma è ora di punta e per via del traffico di macchine, bus e scooter che transitano per la piazza non riesco a sentire niente. Dalle loro espressioni intuisco che Valentina è arrabbiata e che Eric sta cercando di calmarla. Lo deduco dai gesti sbracciati e nervosi di lei e dal modo gentile che ha lui di carezzarle le braccia e invitarla a respirare piano per tranquillizzarla. Provo un'invidia inquantificabile.

Penso che dovrei avvicinarmi e intervenire, anche solo per chiedere cosa sta succedendo, facendo finta di niente. So che Eric non approverebbe, ma non mi va di vederli così vicini. E soprattutto non mi va di rimanere ferma a guardare lui che fa il carino con lei.

Avanzo allora verso di loro ed ecco che Valentina all'improvviso lo bacia. Appassionatamente.

Sento le gambe cedere.

Che diavolo sta succedendo?

Eric mi aveva detto che fra loro era finita e che non l'aveva più vista. Anzi, me l'aveva giurato.

Cosa significava quel bacio?

Vorrei raggiungerli e prendermela con entrambi, ma sono così ferita che rimango immobile a guardare la scena, incredula e incapace di muovermi di un centimetro. Resto lì, impalata, a sperare che Eric si accorga di me e mi raggiunga per darmi una spiegazione, ma tutto ciò che vedo sono le sue labbra che si mescolano a quelle di Valentina, in un bacio che mi sembra non finire mai. Mi sento affranta e tradita, ancor di più perché ero venuta per renderlo partecipe della mia felicità, ora chiaramente svanita.

Penso che non potrebbe andare peggio di così e invece, crudele il destino, dopo il lungo bacio, Eric la prende per mano e la fa entrare in casa sua. Rimango a guardare il portone che si chiude e scoppio a piangere.

Epilogo

13 luglio

Dal finestrino a forma di oblò il mondo sembra più piccolo agli occhi di Isabella. Il volo Roma-New York è ciò che le serve per guardare gli ultimi avvenimenti da una nuova prospettiva. Dall'alto, a diecimila metri dal suolo, Roma sembra un esiguo punto rosso nel verde rigoglioso del Lazio e così i suoi problemi, ostacoli minori che un viaggio oltreoceano può in un secondo ridimensionare. A New York l'aspettano due mesi di arte, nuove abitudini, nuove amicizie, la ricetta perfetta per dimenticarsi di Eric e del male che le ha fatto.

A questo pensa Isabella mentre l'aereo abbandona il verde dello stivale italiano e sorvola il mar Tirreno. Il blu del mare, il suo colore preferito, sembra augurarle buona fortuna.

Dal giorno del bacio con Valentina, Isabella non ha più visto Eric. Lui ha cercato di contattarla, più e più volte, ma lei ha chiuso ogni canale di comunicazione. Non ha risposto a messaggi, chiamate, persino email e non gli ha aperto la porta quando lui si è presentato sotto casa sua per parlare. Era troppo ferita e non voleva nemmeno vederlo. Infine, il giorno prima di partire, ha cancellato il suo contatto e ha smesso di seguirlo su Instagram. Sarebbe stato troppo per lei vedere le foto del giorno della sua laurea o della festa o delle sue vacanze. L'avrebbe fatta immensamente arrabbiare vederlo sorridere come se nulla fosse successo e soprattutto non voleva lasciare che le emozioni negative potessero rovinarle l'occasione unica e irripetibile che le offriva l'America. Due mesi in un altro continente è ciò di cui ha bisogno. Il volo è metafora stessa della sua vita in questo momento: l'aereo oltrepassa la Sardegna, le isole Baleari, la Spagna, il Portogallo, così come lei lascia indietro tutti i ricordi degli ultimi mesi, dal primo incontro ai Giardini, al picnic agli Acquedotti, passando per la caccia al tesoro, i pomeriggi in maneggio, la sorpresa a Ostia... Basta, è oramai tutto alle sue spalle. Gli occhi sono rivolti in avanti, verso l'America e l'estate carica di promesse.

Isabella non sa se Eric si godrà la bella stagione o se non si darà per vinto e la cercherà anche a migliaia di chilometri di distanza per parlarle. Di certo, sa che non gli darà la possibilità di farla stare male per l'ennesima volta. Aveva davvero creduto che lui avrebbe scelto lei e una vita con lei, lontano dalle imposizioni e le cattiverie della sua famiglia. Ma si era sbagliata.

Mentre l'aereo saluta l'ultimo lembo di terraferma prima di inoltrarsi sopra l'oceano, Isabella cancella le foto con Eric rimaste sul telefono e fa spazio per un nuovo capitolo della sua vita.

Sarà strano vivere in una grande città senza gli amici,

la mamma e il tanto amato Tito, ma Isabella è in grado di contenere l'ansia: nonostante il dolore, l'eccitazione ha la meglio nel suo cuore e quando si agita, si tranquillizza da sola pensando che in ogni caso il soggiorno in America durerà solo due mesi, non si tratta di un trasferimento definitivo. Quando tornerà, scoprirà se Eric sarà partito per Parigi o meno, ma fino a settembre farà in modo di non far arrivare mai alla propria mente il suo nome. Se capiterà, per rabbia, nostalgia o amarezza, saprà cosa fare. Prenderà in mano i pennelli e i colori e dipingerà tutto ciò che le manca della sua città, l'Accademia, Trastevere, gli amici.

Roma ed Eric sono oramai lontani, oltre la linea dell'orizzonte che taglia in due il finestrino. Isabella può chiudere gli occhi e aspettare di svegliarsi a New York. È il momento di scegliere finalmente l'arte, la sua passione, la sua vita.

Ringraziamenti

Ed è arrivato il momento finale, quello dei ringraziamenti.

Grazie a tutte le persone che mi sono state accanto negli anni e che mi hanno insegnato qualcosa.

Grazie alla mia mamma, anche se il termine «mamma» è riduttivo per spiegare tutto quello che ha fatto per me; mi ha sempre sostenuta con amore e incoraggiamento. La sua forza e dedizione sono state una fonte di ispirazione costante durante questo percorso.

Grazie al mio papà che con la sua allegria, creatività e il suo sostegno incondizionato è da sempre una guida importante. La sua presenza nella mia vita è un tesoro inestimabile.

Grazie anche al mio ragazzo Nate, che da quando ho iniziato a scrivere mi è sempre stato accanto e mi ha accompagnata in questo nuovo percorso. Grazie per la pazienza, l'amore e la comprensione.

Grazie al mio caro amico, Alessandro Battaglia. Senza di lui questo sogno non si sarebbe avverato.

Grazie a Marilena Brassotti, la mia agente letteraria che ha creduto in questo progetto sin dall'inizio e mi ha consigliata con saggezza e professionalità.

Grazie alla mia agenzia di sempre, la Alex Pacifico Management che mi guida e mi supporta in ogni scelta che faccio.

Grazie a Beatrice per il sostegno che mi ha dato in tutti questi mesi.

Il vostro impegno e il vostro entusiasmo sono stati una parte essenziale di questo viaggio.

E a te… Roberta, so che ora saresti felice per me.

E infine un grazie a tutti voi che mi sostenete e appoggiate in tutte le mie pazzie.

Questo libro è stampato fabbricato da Grafica Veneta S.p.A.
con un processo di stampa e rilegatura certificato 100% carbon neutral
in accordo con PAS 2060 BSI

Finito di stampare nel mese di agosto 2024
per conto di RCS MediaGroup S.p.A.
da Grafica Veneta S.p.A., Trebaseleghe (PD)
Printed in Italy